DISCURSO DO MÉTODO

Dados Internacionais de Catalogação na Publicação (CIP)
(Câmara Brasileira do Livro, SP, Brasil)

Descartes, René, 1596-1650.
Discurso do método / Descartes ; [tradução Lourdes Nascimento Franco]. — São Paulo : Ícone, 2006. — (Coleção fundamentos do direito)

Título original: Le discours de la méthode de Descartes.
Bibliografia.
ISBN 85-274-0858-9

1. Descartes, René, 1596-1650 2. Filosofia francesa - Século 17 I. Título. II. Série.

06-0113 CDD-194

Índices para catálogo sistemático:

1. Descartes : Obras filosóficas 194

DESCARTES

DISCURSO DO MÉTODO

Introdução e notas de
LOURDES NASCIMENTO FRANCO

Tradução de
J. NASCIMENTO FRANCO

Ícone editora

Capa
Meliane Moraes

Diagramação
Meliane Moraes

Tradução
Lourdes Nascimento Franco

Introdução e Notas
J. Nascimento Franco

Revisão
Rosa Maria Cury Cardoso

ÍCONE EDITORA LTDA.
Rua Anhanguera, 56 – Barra Funda
CEP 01135-000 – São Paulo – SP
Tel./Fax.: (11) 3392-7771
www.iconelivraria.com.br
e-mail: iconevendas@yahoo.com.br
editora@editoraicone.com.br

ÍNDICE

BIOGRAFIA

René Descartes, ou *Renatus Cartesius* em latim, filho de Joachim Descartes e Jeanne Brochard, nasceu no dia 31 de março de 1596, em La Haye, na Touraine. Sua mãe faleceu pouco depois. Seu pai era presidente do parlamento da Bretanha e como a família era de estirpe ilustre, seria normal que fosse encaminhado para a magistratura ou para a carreira das armas, onde contava diversos parentes. Mas a saúde precária o desviou desses rumos e acabou sendo matriculado no Colégio da La Flèche, que Henrique IV havia confiado aos jesuítas para que educassem os filhos da nobreza.

Desde os primeiros tempos, o jovem Descartes revelou vocação para os estudos filosóficos e científicos, que seus mestres estimulavam, concedendo-lhes folgas para a reflexão solitária, segundo um plano bem organizado em que se alternavam longos períodos de descanso com trabalho moderado, sistema que ele sempre considerou ser o melhor para propiciar atividade intelectual realmente produtiva.

Depois de oito anos naquele Colégio, cinco dos quais dedicados aos Estudos Literários e três à Ciência, Filosofia e Teologia, mudou-se para Poitiers, em cuja universidade se formou em Direito, em 1616.

Mas sua curiosidade intelectual exigia mais. Pretendendo instruir-se na escola da vida, a que ele chamaria "o grande livro do mundo", partiu para a Holanda, onde se engajou, como engenheiro militar, no exército de Maurício de Nassau, no qual se encontravam diversos matemáticos e cientistas. Mais tarde, participou das forças do Duque da Baviera e do Conde de Bocquoy.

No intervalo imposto pelo inverno às operações militares, Descartes recolheu-se a uma casa confortável em Neuberg, às margens do Danúbio, onde, abrigado dos rigores do frio, entregou-se ao estudo e à meditação. Derrotadas as tropas de que participava, cuidou de retornar à França, passando por diversos países da Europa. Em Paris foi recebido com entusiasmo, mas logo depois viajou para a Itália e a Suíça. Na volta permaneceu em Paris por pouco tempo. Preocupado mais em instruir-se do que em desfrutar a vida parisiense, e também porque pretendia livrar-se do jugo de Richelieu, em 1629 retornou à Holanda, que considerava como um sítio suficientemente tranqüilo e capaz de lhe proporcionar condições para dedicar-se inteiramente à Ciência e à Filosofia. Na Holanda permaneceu por cerca de vinte anos e pôde, em 1633, terminar sua obra *De Mundo,* na qual confirmava a Teoria de Copérnico sobre o movimento da Terra. Temendo a Inquisição, que havia condenado Galileu, adiou a publicação dessa obra e passou a escrever, em francês, os *Ensaios,* que surgiram em 1644, constituídos pelo *Discours de la Méthode,* acompanhado pelos estudos *La Dioptrique, Les Météores* e *La Géométrie.*

Em 1641 publicou *Meditationes de Prima Philosophia,* dirigidas principalmente aos teólogos, e, por isso, escritas em latim. Nesse livro, Descartes teve por objetivo demonstrar a existência de Deus e a distinção entre a alma e o corpo. Três anos depois surgia uma de suas principais obras, *Principia Philosophiae,* dedicada à Princesa Elisabeth, filha do rei da Boêmia.

Passaram-se cinco anos, durante os quais o filósofo sofreu grandes perseguições por parte de Voët, teólogo holandês, que o acusava de ateísmo. Condenado, recusou-se a formular qualquer recurso e só não foi preso e não viu seus livros queimados graças à interferência do embaixador da França junto às autoridades.

Prosseguindo em sua infatigável atividade, publicou em 1649 *Les Passions de l'Ame,* em língua francesa. Além dessas obras,

Descartes escreveu diversos ensaios, entre os quais *Regulae ad Directionem Ingenii* e *La Mécanique* (os originais deste desapareceram), bem como volumosa correspondência com seus amigos e contestadores, destacando-se as cartas dirigidas à Princesa Elisabeth, da Boêmia, ao Padre Marin Mersenne, seu amigo e confidente, a Gassendi respondendo as críticas feitas às *Meditações*, ao teólogo Voët, e a mais primorosa delas, *Lettre sur l'Amour*, a Pierre Chanut.

Estava, pois, em pleno vigor intelectual quando, em setembro de 1649, a Rainha Cristina, da Suécia, o convidou para dirigir sua instrução e implantar uma reforma cultural naquele país. Atendendo ao convite, Descartes transferiu-se para Estocolmo, onde teve as honrarias. Mas não suportou os rigores do inverno escandinavo e o regime de trabalho, pois sua real discípula começava as aulas às cinco horas da manhã. Vítima de pneumonia, faleceu em 11 de fevereiro de 1650, após nove dias de sofrimentos suportados com religiosidade e resignação que sensibilizaram profundamente seus médicos e amigos.

Em testemunho de respeito e veneração, a rainha permitiu que seus despojos fossem acompanhados até o túmulo por um sacerdote católico. Transladados mais tarde para a Igreja de Saint-Etienne du Mont, em Paris, o governo sueco fez construir em memória do filósofo um monumento na Igreja de Adolfo Henrique.

J.N.F.

INTRODUÇÃO

Desejando buscar dentro de si mesmo a ciência que ainda não havia encontrado na sua longa peregrinação através das doutrinas aceitas ou ensinadas por seus preceptores, Descartes resolveu criar o seu próprio método de indagação e pesquisa da verdade, que era o seu objetivo primeiro. Ao tomar esse rumo, talvez estivesse longe de imaginar que nada menos fazia do que iniciar a construção paciente e metódica de um sistema inteiramente novo e que, dada a sua originalidade, destinava-se a consagrar, como efetivamente consagrou, o seu autor como o pai da Filosofia Moderna, no que ela tem de mais autêntico e de inovador.

Conforme ele mesmo disse na primeira parte do *Discurso do Método,* tão logo lho permitiu a idade, libertou-se da tutela de seus mestres, abandonou o estudo livresco e passou a viajar por terras estranhas procurando, através do conhecimento dos mais diversos ambientes, pessoas, índoles e condições, respostas às dúvidas que o atormentavam.

Segundo o velho Larousse (*Grand Dictionnaire Universel du XIXe Siècle*)[1], essa disposição assinala a distância entre Descartes e a Filosofia professada antes dele, a qual sistematicamente bania a criação individual para fundar-se apenas na erudição.

Para poder tranqüilamente conceber e construir seu próprio sistema, o filósofo escolheu um refúgio calmo e distante na Alemanha. O inverno era rigoroso e impedia, ou pelo menos dificultava, que estranhos o procurassem para desviá-lo de

[1] Verbete "Descartes".

suas meditações. E, ao cabo de sete anos, havia ele escrito o *Discurso do Método,* que é a obra em torno da qual gravitam todas as outras que produziu.

Obra fundamental da Filosofia Moderna, o *Discurso* continua, ainda hoje, sendo traduzido para todos os idiomas. Em língua portuguesa existem excelentes traduções, o que, à primeira vista, dispensaria mais uma. Sucede, porém, que cada tradutor tem sempre algo a modificar ou acrescentar às versões anteriores, principalmente quando se trata de um texto de singular construção sintática, como acontece com o discurso cartesiano. Para confirmar isso, basta confrontar traduções em diferentes idiomas e até mesmo em língua portuguesa. A inusitada extensão dos períodos por si mesma dificulta a apreensão do pensamento, em inúmeras ocasiões[2]. Ao deparar-se com esse problema, o tradutor vacila entre a versão literal e aquela que, livre e descontraída, lhe parece mais apta a representar o pensamento do autor. No primeiro caso, corre-se o risco de prejudicar o leitor, a quem fica transferida a perplexidade do tradutor; no segundo, enseja-se uma frase límpida, mas distanciada do texto e provavelmente da real intenção do autor. Daí a procedência da observação segundo a qual as traduções se parecem com algumas mulheres: se são fiéis não são belas e se são belas não são fiéis...

Percebe-se que a tradutora, nesta reedição do *Discurso do Método,* preferiu, na medida do possível, obedecer ao original, dele se distanciando apenas em situações excepcionais e, mesmo nessas ocasiões, timbrando em transmitir ao leitor, com a maior exatidão possível, o pensamento do autor.

[2] Na introdução escrita para a tradução que fez para a língua inglesa, F. E. Sutcliffe afirma que o *Discurso* apresenta o paradoxo de, como obra de um pensador tido e havido como o protótipo da clareza, ser verdadeiramente obscuro e constituir uma caricatura de composição lógica.

Esse critério tem a vantagem de ensejar ao leitor não só o conhecimento das idéias de Descartes, como também do seu próprio estilo literário, o que não ocorreria se a versão para nosso idioma se afastasse muito do texto no objetivo de ser mais clara ou mais próxima da fala moderna.

Louis Dimier anota que o leitor moderno está mal preparado para gostar dos escritos de Descartes, por causa da falta de pontuação e da extensão dos períodos que comumente ocupam uma página inteira. Não obstante, acrescenta que a atenção exigida é fartamente compensada quando o leitor percebe que aquelas orações longas e complicadas apresentam um conjunto harmonioso de idéias numerosas, mas cuidadosamente ordenadas, motivo pelo qual se implantam no espírito de forma bem mais firme do que aconteceria se essas mesmas idéias fossem expostas sucessivamente em períodos isolados. E conclui que, demorando um pouco a atenção sobre o texto, o leitor ficará encantado e dominado por um estilo sem similar, por sua clareza, em qualquer outro idioma...

Ao contrário de outras obras que escreveu, Descartes utilizou no *Discurso* a língua francesa. Mais tarde (por volta de 1647), verteu-o para o latim a fim de levá-lo mais facilmente até o leitores especializados[3]. E consta que dos quinhentos exemplares em francês, duzentos foram distribuídos pelo autor aos jesuítas, diplomatas e intelectuais, sendo certo que o restante da edição ainda não se havia esgotado até 1650, quando o autor faleceu. Melhor acolhida pelo público tiveram outros escritos seus, principalmente *Les Principes de la Philosophie* e o *Traité des Passions de L'âme.*

De qualquer fora, foi o *Discurso* que lhe abriu as portas da posteridade, pois é ainda hoje objeto de sucessivas reedições em todas as línguas e no mundo inteiro.

[3] Na época, as obras clássicas eram escritas geralmente em latim.

Sua primeira edição foi lançada em 1637. A obra divide-se em seis partes. Na primeira, Descartes proclama a supremacia do bom senso, que, a seu ver, é inato e igual em todos os homens, do que resulta que a diversidade de opiniões existe, não porque uns são mais sensatos que outros, mas somente por conduzirmos nossos pensamentos por diversos caminhos e não considerarmos as mesmas coisas. "Por isso", conclui, "não é bastante ter espírito lúcido, mas o principal é aplicá-lo bem."

Cumpria, pois, sistematizar a aplicação dessa qualidade inata e insuperável no ser humano, uma vez que o ensino de que se nutrira na infância não lhe havia indicado nenhum caminho certo nesse sentido. Para isso, escreveu o *Discurso do Método,* sintetizando em seis partes as idéias e os instrumentos com os quais, segundo lhe parecia, qualquer um pode descobrir a verdade. Na primeira parte, começou por afirmar que não basta aprender nas escolas as verdades tidas como definitivas, porque em geral elas não resistem a nenhum exame mais cuidadoso e profundo: "Eu me nutri pelas letras desde a minha infância e porque me persuadisse de que por meio delas poder-se-ia alcançar um conhecimento claro e seguro de tudo que é útil à vida, eu tinha um imenso desejo de aprendê-las. Logo, porém, que terminei os estudos no fim dos quais somos habitualmente admitidos entre os doutos, mudei inteiramente de opinião. Tão embaraçado me senti por tantas dúvidas e erros, que me pareceu ter meu intento em me instruir o único proveito de descobrir cada vez mais a minha ignorância. E, não obstante, eu havia cursado uma das mais famosas escolas da Europa, onde, segundo eu pensava, deviam existir verdadeiros sábios, caso existissem eles em algum lugar da terra".

Trata-se de uma crítica severa à cultura simplesmente livresca da sua época, embora reconheça que não deviam ser desprezadas as lições ministradas por seus mestres, uma vez que todas as matérias são úteis, tais como as línguas, que levam aos livros antigos, as fábulas, que despertam o espírito, a poesia e a eloqüência, que ensinam o sentido da beleza, as Matemáticas, que aprimoram a inteligência, a Teologia, que abre o caminho do céu, a Filosofia, que habilita a falar com certeza, a Jurisprudência, a Medicina e as outras ciências, que proporcionam honras e riquezas aos que as praticam.

Embora dê especial relevo às Matemáticas, Descartes confessa não ter conseguido descobrir sua verdadeira utilidade prática, o que teria levado a, num primeiro impulso, voltar-se para os escritos sobre os costumes antigos, embora os considerasse "palácios construídos sobre areia e lama", porque enaltecem as virtudes sem, contudo, ensinarem a conhecê-las.

Reverenciava a Teologia, mas não ousava submetê-la a seu juízo crítico, por entender que isso só poderia ser feito por quem estivesse amplamente assistido pelo céu, jamais por um simples homem. Decepcionava-o a Filosofia, porque, apesar de ser versada há tantos séculos pelos sábios mais ilustrados, continuava impregnada de incertezas, as quais contaminavam as demais ciências que, alicerçadas no ensino dos filósofos, lhe pareciam assentadas em fundamentos pouco firmes.

Termina a primeira parte afirmando que, insatisfeito com tudo quanto havia aprendido, partiu para suas viagens, que duraram anos, na procura de conhecimentos sobre a cultura de outros povos. Todavia, ao cabo dessa longa peregrinação, acabou se convencendo que o melhor teria sido procurar os seus próprios caminhos que sua própria terra: "Mas, depois que dispendi alguns anos em assim estudar no livro do mundo e em insistir na aquisição de alguma experiência, tomei um dia a resolução de estudar também em mim mesmo e de empregar todas as forças de meu espírito em escolher os caminhos que deveria seguir. Isso deu resultado muito melhor, segundo me parece, do que se jamais me tivesse afastado do meu país e dos meus livros".

Na segunda parte, conta que em seu refúgio na Alemanha, longe do mundo e confortavelmente instalado em casa aquecida enquanto em volta ocorria um rigoroso inverno, deu asas a seus pensamentos. E, segundo diz, teve oportunidade de ordená-los à perfeição, do que deduziu que apenas as obras concebidas por uma só pessoa tendem a ser sempre mais perfeitas do que as realizadas por muitos, dando como exemplo disso as cidades antigas, que se desenvolveram sem uma orientação definida, motivo pelo qual são geralmente mal traçadas, ao contrário das cidades planejadas por um só urbanista, que, partindo de um terreno cuidadosamente preparado, apresentam praças e ruas amplas e bem delineadas, ou os edifícios planejados por um só arquiteto, que são geralmente mais belos e melhores do que os construídos por diversos, com utilização ou aproveitamento de velhas paredes levantadas para outros fins: "Assim, eu pensava que as ciências dos livros, ao menos aquelas cujas razões são apenas prováveis e sem quaisquer demonstrações, tendo sido compostas e ampliadas pouco a pouco pelas opiniões de muitas pessoas, não se aproximam tanto da verdade como os simples raciocínios que um homem de bom senso pode naturalmente formular".

Com essa observação, o filósofo pré-justificava o método que havia imaginado, partindo da estaca zero, ou seja, de suas próprias idéias, visto como propositalmente deu por duvidoso tudo quanto antes dele havia sido ensinado: "E pensei ainda que, por termos sido crianças antes de sermos homens e por ter sido preciso que fôssemos por muito tempo dominados por nossas vontades e nossos preceptores, freqüentemente contraditórios entre si, e, porque, talvez, não nos dessem sempre o melhor conselho, é quase impossível que nossos julgamentos sejam tão puros e tão sólidos quanto teriam sido se desde o nascimento tivéssemos feito o uso total da razão e fôssemos conduzidos só por ela".

De qualquer modo, o filósofo aconselha prudência nas inovações, reconhecendo que nem tudo é inútil no passado, que sempre conta com um acervo a ser defendido contra a sanha dos reformadores mais afoitos. E, como que advertindo os pósteros contra os demagogos e os arrivistas que séculos depois viriam pulular em algumas terras, afirmava: "Por isso é que eu não saberia nunca julgar bem estes espíritos agitados e inquietos que não sendo chamados por sua origem ou por seu destino ao manejo dos negócios públicos, ficam sempre imaginando reformá-los. Aliás, se eu julgasse existir neste escrito a mínima coisa pela qual alguém pudesse me atribuir essa tontice, eu ficaria bastante aborrecido por tê-lo publicado. Jamais meu desejo foi além de procurar reformar meus próprios pensamentos e de edificar em terreno inteiramente meu".

Descartes estava, contudo, convencido de que pouco ou nada do que havia aprendido poderia utilizar na elaboração de seu método. A própria lógica não o ajudaria muito, porque seus silogismos prestavam-se mais à explicação das coisas já sabidas do que à demonstração das novas. Preferiu, pois, inspirar-se nos matemáticos, porque, a seu ver, só eles haviam chegado a raciocínios certos e evidentes. E, no campo da Matemática, preferiu utilizar-se dos princípios da análise geométrica e da álgebra, que lhe propiciaram maior unidade e simplicidade em suas demonstrações: "Essas longas cadeias de razões, todas elas tão simples e fáceis (referia-se às quatro regras que formulou para orientar o raciocínio) de que os geômetras costumam servir-se para chegarem às mais difíceis demonstrações, deram-me oportunidade de imaginar que todas as coisas acessíveis ao conhecimento dos homens se sucedem igualmente umas às outras, motivo pelo qual desde que nos abstenhamos de admitir como verdadeira alguma que não o seja, e que se obedeça sempre a ordem necessária para deduzi-las uma das outras, nenhuma delas pode existir tão afastada que não possa finalmente ser alcançada, nem tão oculta que não a descubramos".

Com essas considerações, Descartes justificou as quatro regras que formulou. A primeira consistia em não aceitar como verdadeiro senão o que a seu espírito se apresentasse tão evidente que não ensejasse mais nenhuma dúvida; a segunda, em dividir cada uma das dificuldades examinadas em tantas partes quantas fosse possível; a terceira, em ordenar seus pensamentos a começar pelos objetos mais simples e mais fáceis de serem conhecidos, subindo gradativamente ao conhecimento dos mais complexos, admitindo certa ordem em todos eles, ainda que uns não precedessem exatamente dos outros; a quarta, em proceder sempre a enumerações as mais completas e a revisões tão amplas, para se assegurar de que nada havia sido omitido.

Estatuindo essas quatro regras, Descartes convenceu-se de que efetivamente passaria a contar com um instrumento seguro para solucionar todas as dificuldades no estudo das ciências, notadamente da análise geométrica e da álgebra. Mas o que realmente o empolgava era a convicção íntima de, sozinho, e com seus próprios meios, ter formulado um sistema novo, o que efetivamente seria confirmado pelos pósteros: "Mas o que mais me agradava nesse método, era que por ele eu estava seguro de ter em tudo usado só a minha razão, senão de forma muito perfeita, ao menos pelo melhor que estava em meu alcance".

Não obstante, reconhece que longe estava de atingir seu objetivo final, pois contava apenas vinte e três anos, e que seria prudente aguardar o amadurecimento que vem com idade mais avançada. Com essa observação, termina a segunda parte do *Discurso.*

Na terceira parte, o filósofo estabelece as regras de conduta prática, ou de sua moral provisória, conforme ele mesmo a qualificou. Comparou-se a um arquiteto que necessita alojar-se provisoriamente enquanto reconstrói uma casa demolida. Também ele precisava abrigar-se à sombra de uma moral provisória, para não permanecer irresoluto em suas atitudes, enquanto a razão o obrigasse a sê-lo em seus julgamentos e para que, no entretempo, não deixasse de viver feliz e tranqüilo.

As regras desse moral provisória são, sinteticamente, estas: *A primeira* consiste em obedecermos as leis de nosso país, em conservarmos a religião aprendida na infância e em seguirmos as opiniões mais prudentes e comumente aceitas pelas pessoas mais sensatas com as quais devemos conviver, uma vez que, não podendo contar com nossas próprias, até que estejam limpas de todas as dúvidas, o melhor é seguir a opinião daquelas pessoas; *a segunda* em ser firmes em nossas ações e em não acompanhar as opiniões duvidosas, mas somente as que nos parecerem ter melhores fundamentos, evitando as posições indecisas, pois é preciso sempre tomar um caminho reto que, se não for o melhor, pelo menos nos levará a algum lugar, o que não ocorre quando vacilamos na tomada do rumo a seguir; *a terceira* em procurar vencer mais a nós mesmos do que ao destino, sendo preferível mudarmos nossos desejos do que a ordem do mundo, e nos habituarmos a crer que nada existe em nosso poder a não ser os nossos próprios pensamentos.

Acrescenta que, se depois de procedermos pela forma que nos pareça melhor, não conseguirmos ser bem sucedidos, é porque isso era efetivamente impossível. Conscientes disso, podemos nos condicionar a só desejar o que pudermos alcançar. E isso basta para nos sentirmos perfeitamente felizes.

Na quarta parte, são enfrentados pontos mais difíceis e, por isso, menos suscetíveis de interessar o grande público. Começa por observar que, no tocante aos costumes, vinha admitindo ser mais prático seguir as opiniões geralmente aceitas como inequívocas, embora realmente não o fossem. Mas, por outro lado, reconhecia que esse critério contradizia seu método, segundo o qual, na pesquisa da verdade, devia ser dado como falso tudo quanto não parecesse absolutamente claro e indiscutível.

Como nossos sentidos comumente nos enganam, preferiu considerar que nenhuma coisa existia tal como por eles nos é apresentada. Outro fato que o levou a considerar como simples sonhos, ou meras ilusões, as coisas conhecidas, foi a circunstância de que os mesmos pensamentos que temos quando acordados podem ocorrer quando dormimos.

Mas logo depois percebeu que, ao pensar que algo era falso, era forçado a admitir que ele, que pensava, era alguma coisa. Conseqüentemente, pareceu-lhe fora de dúvida o fato de pensar, do qual logicamente decorria outro, o de existir. Daí a célebre locução "Cogito ergo sum" (penso, logo existo), que Descartes enunciou e qualificou como primeiro princípio de sua filosofia.

Sobre esse princípio, foram escritos milhares de volumes no mundo inteiro. Contudo, parece-me que o velho Larousse o sintetiza com clareza solar nesta frase tão curta quanto exata: "La méthode de Descartes se confond presque avec la théorie de la certitude. Il part de la pensée pour en tirer toutes nos connaissances, de manière a ne compter dans l'homme pour réelle que l'existence de la pensée: *Cogito ergo sum*".

Prosseguindo em suas meditações, Descartes convenceu-se de que podia supor que não tivesse corpo e que no mundo não houvesse lugar onde ele existisse, mas que nem por isso podia admitir sua própria inexistência. Disso deduziu então que ele seria uma substância cuja finalidade era pensar e que, para pensar, não precisava de nenhum lugar, nem de qualquer coisa material. Tal substância seria a *alma,* inteiramente distinta do corpo.

E refletindo sobre o que duvidava, sentiu que não era um ser perfeito, pois o *conhecer* constitui perfeição maior do que o duvidar, o que o levou a indagar de onde partia a idéia sobre algo mais perfeito do que ele e que não podia, de forma alguma, ser as coisas situadas fora dele, como o céu, a terra, a luz, o calor etc., porque eram elas tão imperfeitas quanto ele e, assim, deveriam ser consideradas como nada. E como o ser mais perfeito jamais poderia partir do nada, ou do imperfeito, acabou concluindo que a idéia sobre algo mais perfeito havia sido implantada em seu espírito por uma natureza integralmente perfeita e portadora de todas as perfeições. Em suma, por Deus.

A quinta parte começa com a escusa de que, para continuar em suas demonstrações, o filósofo teria que se envolver em disputas com os doutos, ou seja, com aqueles que pontificavam na mesma área e que dele discordavam.

Contudo, faz questão de acentuar que, não obstante deixar "aos mais sábios" julgar sobre a conveniência de se tornarem públicas suas afirmações, continuava firme na resolução de não admitir nenhum princípio, além do seu, sobre a existência de Deus e da alma, e só aceitar como verdadeiro o que lhe parecesse ter sido anteriormente demonstrado pelos geômetras.

Esclareceu que os critérios de que se servira não apenas lhe deram integral satisfação, como também lhe revelaram algumas leis por Deus estabelecidas e cuja observação lhe havia permitido deduzir outras verdades registradas num tratado cuja publicação ainda não lhe parecia oportuna, provavelmente para não se atritar com aqueles a quem chamara "os mais sábios"... No entretempo, porém, tentou resumi-las nessa parte do *Discurso.*

Passa em rápida revista questões de cosmologia e de biologia, alongando-se sobre a circulação do sangue. Nesse ponto aborda a geração do que chama "espíritos animais", que, segundo entende, são corpos compostos de partes delicadíssimas do sangue, que sobem continuamente do coração para o cérebro, donde partem, através dos nervos, para os músculos, dando movimento a todos os membros.

Um dos pontos altos da parte quinta do *Discurso* é a teoria do "automatismo animal", em que Descartes demonstrou, com clareza e originalidade até hoje insuperadas, a diferença entre o homem e o animal, apesar de seus organismos funcionarem de forma aparentemente mecânica, ou automática. Essa diferença decorre principalmente do raciocínio, que só o homem possui, e que lhe permite optar, enquanto que o animal age segundo a disposição natural de seus órgãos, tal como um relógio que marca as horas e mede o tempo com a maior exatidão tão só em virtude do arranjo material de suas cordas e molas, ou como papagaio, que articula sons e palavras, sem, contudo, ter capacidade de dialogar ou indagar.

Concluindo esse capítulo, Descartes demonstra a existência da alma racional que, somada ao corpo, forma o ser humano. E enfatiza que a alma humana difere fundamentalmente da alma animal, porque aquela é independente do corpo. E porque não se conhece nada capaz de destruí-la, segue-se que ela não só sobrevive ao corpo, como também é imortal.

A sexta e última parte do *Discurso* constitui relato do autor sobre a evolução de seu pensamento e uma profissão de fé em suas idéias, tudo mal disfarçando a resignação diante dos embaraços com que se deparou nas primeiras tentativas de dar publicidade às suas pesquisas.

Esta síntese do *Discurso do Método* pretende apenas preparar o leitor para a meditação mais demorada e mais profunda sobre o pensamento de Descartes e sua permanente atualidade, apesar de se tratar de obra publicada há mais de três séculos.

Recebida apaticamente em seu lançamento, pois nem mesmo se esgotou a edição de quinhentos exemplares, dentro de pouco tempo a obra começou a ser analisada mais profundamente e a inquietar a Inquisição, que colocou no Índex tanto a obra como as idéias nela expostas, até que fossem corrigidas, o que, aliás, aconteceria também com as *Meditações, Os Princípios de Filosofia* e o *Tratado das Paixões da Alma*. Bossuet, citado por Jaffre, advertia: "um grande combate se prepara contra a Igreja, sob o nome de Filosofia Cartesiana.

Vejo nascer em seu seio e de seus princípios, a meu ver mal entendidos, mais do que uma heresia, e sinto as suas conseqüências sobre os dogmas sustentados por nossos padres"[4].

Como se vê, a Igreja colocou-se em guarda contra o inovador que ousava desembaraçar a filosofia do jugo de Aristóteles, para usarmos a expressão do Padre Jaffre. Na primeira linha de combate estavam os jesuítas, uma vez que quase todo o *Discurso* representa uma crítica aberta contra a autoridade de Aristóteles e o curso que eles haviam ministrado a Descartes no Colégio de La Flèche.

É verdade que alguns jesuítas prestigiosos aderiram e apoiaram as idéias cartesianas, tais como o Padre Bernard Lamy, que foi punido com o afastamento de sua cátedra de Filosofia em Angers e exilado num convento distante, e o Padre Yves-Marie André, o grande matemático de Caen, que depois de ser transferido de colégio em colégio durante muitos anos, acabou na Bastilha, a pedido de seus superiores.

Descartes não se mostrou insensível às críticas de seus antigos preceptores e do clero em geral. Seus temores contra as represálias já se haviam revelado em diversas passagens do *Discurso,* nas quais declarou, com humildade até certo ponto incompatível com a relevância da reforma que empreendeu no campo da Ciência e da Filosofia, que jamais tivera a intenção de contestar a autoridade da Religião e do Estado. Ao ter notícia da condenação da doutrina de Galileu, com a qual concordava, deu-se conta de que igualmente sua obra havia sido desaprovada por pessoas cuja autoridade, segundo suas próprias palavras, exercia sobre suas ações o mesmo poder que sua razão tinha sobre seus pensamentos... A sexta parte do *Discurso*

[4] Apud. P. F.-A. Jaffre, *Cours de Philosophie*, Delhomme et Brigret, Libraires-éditeurs, 1886, 4.ª edição, p. 620.

está repleta de referências a "essas pessoas" em respeito às quais acabou optando apenas pela divulgação de suas idéias menos inovadoras: "E pensei que me seria mais fácil escolher algumas matérias que, sem estar sujeitas a muitas controvérsias e sem me obrigar a revelar meus princípios mais do que desejasse, não deixariam de mostrar claramente o que posso, ou não posso, nas ciências".

No tocante à Física, sentiu que poderia publicar as noções que havia formulado e destinadas a ajudar na utilização de todos os bens postos pela natureza à disposição da humanidade, principalmente para a higidez do corpo, da qual em grande parte decorre a boa disposição do próprio espírito.

Esclarece que dava publicidade a algumas de suas experiências e idéias não por vaidade, mas porque estava persuadido de que elas poderiam ser aperfeiçoadas pela crítica, que receberia como contribuições, comprometendo-se a respondê-las prontamente e sem muitas divagações, reconhecendo simplesmente suas faltas ou defendendo seu ponto de vista.

No último tópico do *Discurso,* Descartes afirma a disposição de continuar suas experiências, na busca do progresso científico. Para alcançar esse fim, declara-se mais grato aos que pudessem lhe proporcionar meios de bem aproveitar seu tempo, do que àqueles que por acaso lhe oferecessem as mais honrosas posições do mundo.

O método cartesiano centra-se na "dúvida provisória e metódica" e na "evidência e clareza das idéias", como meio para se chegar à verdade. Acima de qualquer autoridade, Descartes colocou a razão, que, segundo ele, devia ser conduzida pelo método na investigação da verdade. Prefaciando a 14ª edição argentina, Francisco Romero escreve que "historicamente" o *Discurso* afirma com terminante decisão a vontade do homem de prescindir de qualquer tutela intelectual, dado que reivindica e proclama a autonomia da inteligência, sem a qual a dignidade e liberdade do homem são não só incompletas como inexistentes[5].

Há quem sustente não ser o cartesianismo obra pessoal de Descartes, mas fruto da evolução do pensamento humano, robustecido pelas idéias surgidas com a Reforma e a Renascença. Sucede, todavia, que todas as criações da inteligência humana são desdobramentos das criações anteriores, motivo pelo qual a grandeza de Descartes não se atenua, mas se avulta, quando se considera que ele, com idéias próprias ou operando com as antigas, superou todos os seus contemporâneos na reformulação da Filosofia e na implementação da "dúvida metódica e provisória", como ponto de partida para a descoberta da certeza.

Ainda que se admita não ter Descartes alcançado seu grande sonho – o de ser o Aristóteles da idade moderna – é, contudo, inquestionável, como bem anota Sutcliffe, o seu grande tradutor para o inglês, que o espírito com o qual ele tratou as questões científicas até hoje se projeta sobre a cultura universal. Isso, depois de ter preparado o terreno para o imenso movimento intelectual dos séculos XVIII e XIX.

Tanto basta para a sua glória e para justificar o interesse que sua obra desperta sempre e cada vez mais entre os que ainda conseguem, no burburinho dos nossos dias, dedicar alguns minutos aos problemas da inteligência e da cultura.

J. NASCIMENTO FRANCO

[5] Descartes, *Discurso del Método,* Buenos Aires: Editorial Losada, 1980, 14.ª edição, p. 24.

DISCURSO DO MÉTODO

Para Bem Conduzir Sua Razão e Buscar a Verdade nas Ciências

ADVERTÊNCIA

Se este discurso parecer longo demais para ser lido de uma só vez, poder-se-á dividi-lo em seis capítulos. No primeiro, encontrar-se-ão considerações sobre as Ciências; no segundo, as principais regras do método procurado pelo autor; no terceiro, algumas das regras da moral, que o autor tirou desse método; no quarto, os argumentos pelos quais ele prova a existência de Deus e da alma humana, fundamentos de sua metafísica; no quinto, a ordem das questões de Física por ele pesquisadas e, em particular, a explicação do movimento do coração e de algumas outras dificuldades pertencentes à Medicina, como também a diferença existente entre nossa alma e a dos animais; no último, as condições que ele acredita necessárias para ir além do que foi no conhecimento da natureza, assim como as razões que o levaram a escrever suas meditações.

PRIMEIRA PARTE

O bom senso é a coisa mais bem repartida do mundo, porque todos pensam estar tão bem providos dele que mesmo os que mais custam a contentar-se com qualquer coisa, não costumam desejar mais do que a sensatez que têm; e, nesse ponto, parece que todos têm razão, pois, em princípio, isto prova que o poder de bem julgar e distinguir o verdadeiro do falso, que é exatamente o chamado bom senso ou razão, é, naturalmente, igual em todos os homens, do que resulta que a diversidade de opiniões existe, não porque uns são mais sensatos que outros, mas somente por conduzirmos nossos pensamentos por diversos caminhos e não considerarmos as mesmas coisas. Por isso, não é bastante ter espírito lúcido, mas o principal é aplicá-lo bem. Os maiores espíritos são capazes dos maiores vícios, como também das maiores virtudes, e os que vão só a passos lentos podem ir muito além desde que andem por caminhos certos, o que nem sempre fazem os que correm e que, por isso, desses caminhos se distanciam.

Quanto a mim, nunca presumi que meu espírito fosse, em alguma coisa, mais perfeito que o de qualquer pessoa. Algumas vezes, desejei possuir o pensamento tão rápido ou a imaginação tão clara e distinta, ou a memória tão ampla e vivaz como a de outras pessoas. É que eu não conheço outras qualidades senão estas, capazes de contribuir para a perfeição do espírito, pois, quanto à razão, ou o sentido, sendo a única coisa que nos torna seres humanos e nos distingue dos animais, quero crer que existe integralmente em cada pessoa, e neste ponto sigo a opinião dos filósofos, quando dizem que não existe o mais ou menos senão entre os acidentes e não entre as formas ou caracteres naturais dos indivíduos da mesma espécie.

Mas não temo dizer que penso ter sido bem sucedido ao encontrar desde a juventude caminhos que me levaram a considerações e máximas de que formei um método pelo qual posso aumentar gradualmente meu conhecimento e elevá-lo pouco a pouco ao mais alto grau, ponto ao qual jamais me permitiriam chegar a mediocridade de meu espírito e a curta duração de minha vida. Realmente, dele já recolhi tais frutos, que embora no julgamento que faça de mim mesmo eu me precavenha mais com cautela do que com a presunção, e embora contemple com olhos de filósofo as várias ações e empreendimentos de todos os homens, nenhuma me parecendo vã ou inócua, eu não posso deixar de sentir extrema satisfação pelo progresso que penso já ter tido na busca da verdade, e de conceber tais esperanças perante o futuro, que se, entre as preocupações dos homens, como homens, existisse apenas uma boa e relevante, ela seria a que eu escolhi.

Mas pode ser que eu me engane e talvez tome um pouco de cobre e de vidro por ouro ou diamantes. Sei como estamos sujeitos a nos enganar naquilo que nos toca e, como também os julgamentos de nossos amigos devem ser suspeitos, quando nos são favoráveis. Porém, eu me sentirei satisfeito em mostrar neste discurso os caminhos que segui e em apresentar nele a minha vida como num quadro, a fim de que cada um possa julgá-la. E, ouvindo os comentários que sobre ele forem feitos, eu possa acrescentá-los aos instrumentos de que costumo me servir para melhor me instruir.

Deste modo, meu objetivo não é ensinar o método que cada um deverá seguir para conduzir bem sua razão, mas somente fazer ver como eu tenho procurado conduzir a minha. Aqueles que se propõem a dar conselhos devem se considerar mais hábeis do que aqueles que os recebem, motivo pelo qual se sujeitam a ser censurados quando se enganam ainda que em questões irrelevantes. Apresentando, porém, este escrito como uma história ou, se preferirem, como uma fábula na qual, entre alguns exemplos que podem ser imitados, talvez se encontrem outros que não o sejam, eu espero que ele seja útil a alguns sem ser prejudicial a ninguém, e que todos estarão satisfeitos com minha franqueza.

Eu me nutri pelas letras desde a minha infância e porque me persuadisse de que por meio delas poder-se-ia alcançar um conhecimento claro e seguro de tudo o que é útil à vida, eu tinha um imenso desejo de aprendê-las. Logo, porém, que terminei os estudos no fim dos quais somos habitualmente admitidos entre os doutos, mudei inteiramente de opinião. Tão embaraçado me senti por tantas dúvidas e erros, que me pareceu ter meu intento em me instruir o único proveito de descobrir cada vez mais a minha ignorância. E, não obstante, eu havia cursado uma das mais famosas escolas da Europa, onde, segundo eu pensava, deviam existir verdadeiros sábios, caso existissem eles em algum lugar da terra. Eu aprendera, ali, tudo o que os outros aprendiam, e ainda não contente com as ciências que nos eram ensinadas, eu percorrera todos os livros caídos em minha mãos, que tratam daquelas (ciências) consideradas as mais curiosas e mais raras. Com isto, eu conhecia o juízo que os outros faziam de mim e era perceptível que ninguém me considerava inferior a meus condiscípulos, a despeito de entre eles já haver alguns destinados a preencher os lugares de nossos mestres. Enfim, nosso século me parecia tão florescente e fértil em espíritos elevados como qualquer um dos precedentes. Isto me conferia a liberdade de julgar por mim todos os outros, e de pensar que não havia, no mundo, nenhuma doutrina igual àquela que me haviam feito acreditar que existisse.

Todavia, eu não deixava de prezar as lições que se ministram nas escolas. Sabia que as línguas que nelas se aprendem são necessárias à compreensão dos livros antigos; que a sutileza das fábulas desperta o espírito; que as ações memoráveis das histórias o reanimam e que, lidas com discernimento, ajudam formar o juízo; que a leitura de todos os bons livros é como uma conversação com os mais puros gênios dos séculos passados, ou seja, com seus autores, e mesmo uma conversação estudada, na qual eles nos transmitem os seus melhores pensamentos; que a eloqüência tem forças e belezas incomparáveis; que a poesia tem delicadezas e doçuras encantadoras; que as Matemáticas têm invenções sutilíssimas que podem servir tanto para contentar os curiosos como para facilitar todas as artes e reduzir o trabalho dos homens; que os escritos que tratam dos costumes contêm muitos ensinamentos e exortações utilíssimas à virtude; que a Teologia ajuda a ganhar o céu; que a Filosofia habilita a falar com certeza sobre tudo e a fazer-se admirar pelos menos sábios; que a Jurisprudência, a Medicina e as outras ciências proporcionam honras e riquezas a quem as cultiva; e, enfim, que é bom examiná-las todas, mesmo as mais supersticiosas e falsas, para conhecer seu justo valor e evitar ser enganado por elas.

Mas, eu julgava já ter dedicado muito tempo às línguas, assim como à leitura dos livros antigos e às suas histórias e fábulas. Conversar com espíritos de outros séculos é como viajar. É bom conhecer alguns costumes de diferentes povos, para se poder mais criteriosamente julgar os nossos e para não pensarmos que tudo o que é contrário aos nossos usos é ridículo e sem sentido, tal como costumam fazer os que nada viram. Porém, quando passamos muito tempo viajando, tornamo-nos estrangeiros em nosso próprio país, da mesma forma pela qual quando nos interessamos demais pelas coisas dos séculos passados, acabamos geralmente ignorando as realizadas no presente. Além de que as fábulas fazem imaginar como possíveis acontecimentos que jamais o são, e que, mesmo as histórias mais fiéis, se não transformam nem realçam o valor das coisas para torná-las mais dignas de leitura, ao menos omitem as mais baixas e simples circunstâncias, de forma que o resto não pareça tal como é, e que aqueles que regulam seus costumes pelos exemplos nelas inspirados se sujeitem a cair nas extravagâncias dos paladinos de nossos romances e a conceber objetivos superiores às suas forças.

Eu me empolgava pela eloqüência e era apaixonado pela poesia, porém, acreditava que ambas eram mais dons do espírito que fruto do estudo. Os que possuem raciocínio mais agudo, e apuram seus pensamentos para torná-los claros e inteligíveis, podem persuadir melhor sobre o que propõem, ainda que falem apenas o baixo bretão e nunca tenham estudado retórica. E os que têm criações mais agradáveis e sabem exprimi-las com mais elegância e sutileza não deixam de ser os melhores poetas, mesmo quando desconhecem a arte poética.

Agradavam-me principalmente as Matemáticas pela certeza e evidência de seus raciocínios, mas ainda não descobrira sua verdadeira utilidade e, supondo que elas serviam só às artes mecânicas, admirava-me de que, sendo seus fundamentos tão seguros e sólidos, nada mais relevante tivesse sido edificado sobre eles. Ao contrário, eu comparava os escritos dos antigos pagãos, que tratam dos costumes, a soberbos e magníficos palácios, construídos sobre areia e lama, porque eles enaltecem as virtudes, fazendo-as parecer mais importantes que tudo no mundo, mas não ensinam o suficiente para conhecê-las, e, muitas vezes, o que denominam com tão belo nome nada mais é do que uma insensibilidade, ou um orgulho, ou um desespero ou um parricídio.

Eu reverenciava nossa Teologia e pretendia, mais do que qualquer um, ganhar o céu. Mas, tendo aprendido como coisa absolutamente certa que o seu caminho não é menos aberto aos ignorantes que aos sábios e que as verdades reveladas que a ele conduzem estão acima de nosso entendimento, eu não ousei submetê-las às fraquezas de meu raciocínio e pensava que para tomar a iniciativa de examiná-las, e nisso alcançar bom resultado, era necessário ter uma extraordinária assistência do céu, além de ser mais do que um simples homem.

Nada direi da Filosofia, a não ser que, vendo-a cultivada pelos mais célebres espíritos de muitos séculos e, não obstante isso, nela nada ainda se encontre insuscetível de discussão, e, conseqüentemente, de dúvida, eu não posso ter vaidade bastante para esperar que nela encontre mais que os outros. E que, considerando que tantas opiniões diferentes sobre igual matéria podem ser sustentadas pelos doutos sem que, entretanto, nunca mais que uma possa ser verdadeira, eu reputei quase como falso tudo que fosse apenas aparentemente verdadeiro.

Quanto às demais ciências, uma vez que se arrimam nos princípios da Filosofia, eu julgava que nada pudesse ser construído solidamente sobre fundamentos tão pouco firmes. E nem as honrarias e nem os ganhos por elas prometidos eram bastantes para me estimular a estudá-las, porque, mercê de Deus, eu não estava, graças à tranqüilidade proporcionada por meus bens, necessitado de fazer da Ciência uma profissão e, ainda que não tivesse o propósito de, por cinismo, menosprezar a glória, eu, na verdade, pouco caso tinha por aquela que eu só pudesse alcançar com títulos falsos. E enfim, quanto às más doutrinas, eu supunha já conhecer bastante o que elas valiam para não me arriscar a ser enganado nem pelas predições de um astrólogo, nem pelos truques de um mágico, nem pelas astúcias ou a vaidade daqueles que fazem profissão de ostentar saber mais do que sabem.

Por isso, logo que a idade permitiu me libertar da tutela de meus preceptores, abandonei inteiramente o estudo livresco e, resolvendo-me a não buscar mais outra ciência além daquela que eu pudesse encontrar em mim mesmo, ou então no grande livro do mundo, dediquei o resto da juventude a viajar, a ver cortes e exércitos, a freqüentar gentes de várias índoles e condições, a coligir diferentes experiências, a me submeter às peripécias a que o acaso me expunha, e, em toda a parte, a fazer sobre as coisas que se me apresentassem reflexão tal que me possibilitasse a tirar delas algum proveito. Isso porque me parecia possível encontrar muito mais verdade nos raciocínios que cada qual faz sobre seus próprios problemas, cujo insucesso desde logo pune quem decidiu inadequadamente, do que nos de um homem de letras em seu gabinete acerca das especulações que não produzem nenhum efeito e que não lhe trazem outra conseqüência além de talvez o tomarem tanto mais vaidoso quanto mais elas se afastam do senso comum, por causa do esforço intelectual e dos artifícios que teve de utilizar para torná-las verossímeis. E eu tinha sempre o maior desejo de aprender a distinguir o verdadeiro do falso, para ver claro em minha ações e caminhar com segurança na vida.

É verdade que enquanto eu não fazia outra coisa que considerar os costumes dos outros povos, eu quase nada achava capaz de me dar segurança e que neles notava quase tanta diversidade, quantas eu havia encontrado antes nas opiniões dos filósofos, de sorte que o maior proveito que eu tirei era que, vendo diversas coisas, que embora nos pareçam muito estravagantes e ridículas, não deixam de ser comumente aceitas e aprovadas por outros grandes povos, eu aprendi a crer firmemente apenas no que estivesse persuadido pelo exemplo e pelo costume. Assim, libertei-me pouco a pouco de muitos erros que podem ofuscar nossa intuição natural e nos tornar menos capazes de entender a razão.

Mas, depois que dispendi alguns anos em assim estudar no livro do mundo e em insistir na aquisição de alguma experiência, tomei um dia a resolução de estudar também em mim mesmo e de empregar todas as forças de meu espírito em escolher os caminhos que eu deveria seguir. Isso deu resultado muito melhor, segundo me parece, do que se jamais me tivesse afastado de meu país e dos meus livros.

SEGUNDA PARTE

Encontrava-se então na Alemanha, para onde fora chamado por ocasião das guerras que ainda não haviam terminado. E como retornava da coroação do imperador para o exército, o inverno que começava me reteve numa povoação, onde, não encontrando nenhuma conversa que me distraísse, e não tendo felizmente cuidados ou paixões que me preocupassem, eu passava o dia todo sozinho ao lado de uma lareira, onde tinha ocasião de entreter-me à vontade com os meus pensamentos, entre os quais o primeiro foi considerar que muitas vezes não ocorre tanta perfeição em obras compostas de várias peças, ou executadas por mão de diversos mestres, do que naquelas em que um só mestre trabalhou. Vê-se que os edifícios que um só arquiteto planejou e executou geralmente são mas belos e melhores do que os adaptados por diversos, aproveitando velhas paredes construídas para outros fins.

São assim as cidades antigas, que tendo sido a princípio simples aldeias, tornaram-se grandes com o passar do tempo. Geralmente são tão mal traçadas, comparadas com as praças bem planejadas que um engenheiro projeta a seu gosto numa planície onde os edifícios, ainda que vistos isoladamente, ostentam muito mais arte do que nos situados naquelas outras, em virtude da maneira pela qual foram feitos, aqui um grande, ali um pequeno, encurvando e desigualando as ruas, revelando terem sido assim dispostos mais pelo acaso do que pela vontade de homens usando a inteligência. E se considera que sempre houve funcionários para fiscalizar as construções particulares, para que elas concorram para o embelezamento público, se concluirá que é muito difícil produzir coisas perfeitas trabalhando-se em obras alheias. Por isso, imaginei que os povos semi-selvagens de outrora, civilizados aos poucos, e que só sentiram necessidade de leis quando perturbados pelos crimes e brigas, jamais poderiam ser tão bem disciplinados como os que, desde quando se aglomeraram, tiveram a regê-los constituições elaboradas por um prudente legislador. Igualmente é bem certo que o estudo da verdadeira religião, que tendo suas leis ditadas só por Deus, devem ser incomparavelmente mais bem reguladas do que todas as demais. E por falar das coisas humanas, penso que se Esparta foi, outrora, muito florescente, não o foi pela qualidade de suas leis, em particular, visto como várias delas eram estranhas e contrárias aos bons costumes, mas porque, tendo sido criadas por só uma pessoa, visavam o mesmo fim.

Assim, eu pensava que as ciências dos livros, ao menos aquelas cujas razões são apenas prováveis e sem quaisquer demonstrações, tendo sido compostas e ampliadas pouco a pouco pelas opiniões de muitas pessoas, não se aproximam tanto da verdade como os simples raciocínios que um homem de bom senso pode naturalmente formular a respeito das coisas que acontecem. E pensei ainda que, por termos sido crianças antes de sermos homens e por ter sido preciso que fôssemos por muito tempo dominados por nossas vontades e nossos preceptores, freqüentemente contraditórios entre si, e porque, talvez, não nos dessem sempre o melhor conselho, é quase impossível que nossos julgamentos sejam tão puros e tão sólidos quanto teriam sido se desde o nascimento tivéssemos feito o uso total da razão e fôssemos conduzidos só por ela.

É verdade que não se vê deitar por terra todas as casas de uma cidade pelo único desejo de reconstruí-las de outra forma e tornar suas ruas mais belas; porém, vemos muitas pessoas mandarem derrubar as suas casas para reconstruí-las, sendo algumas vezes obrigados a isso quando elas correm perigo de desabar, ou quando seus alicerces não estão bem firmes. Por este exemplo, me persuadi de que não teria sentido que alguém desejasse reformar um Estado nele trocando tudo, desde o fundamento, destruindo-o para reerguê-lo, nem que, com o objetivo de ensiná-las, se reformasse o conjunto das ciências ou a ordem estabelecida nas escolas, mas que, por todas as opiniões que até então eu aceitara em minha crença, o melhor que eu poderia fazer era eliminá-las de meu espírito, para substituí-las depois por outras melhores ou até as mesmas, quando eu as tivesse ajustado ao nível da razão. Acreditei firmemente que, por esse processo, eu conduziria minha vida muito melhor do que se eu a assentasse sobre antigos fundamentos, ou me apoiasse em princípios de que me deixei empolgar na minha juventude sem nunca ter verificado se eles eram verdadeiros.

Com efeito, embora eu visse nisto diversas dificuldades, não eram elas, todavia, sem remédio, nem comparáveis àquelas que se encontram na reforma das mínimas coisas relacionadas com o Estado. Esses grandes órgãos dificilmente se reerguem quando derrubados, ou se sustentam quando abalados, motivo pelo qual suas quedas são bastante rudes. Quanto às suas imperfeições, se eles as têm (e a diversidade existente entre eles basta para afirmar que muitos as têm), elas acabam sendo bastante suavizadas pelo uso e mesmo acabam sendo evitadas em grande quantidade as que não podem ser sanadas apenas pela prudência. Por último, quase sempre são mais suportáveis do que a sua alteração, da mesma forma pela qual os grandes caminhos que volteiam entre as montanhas se tornam aos poucos tão bons e agradáveis por força do uso, que é muito melhor segui-los do que procurar outros mais retos, mas escalando rochedos ou descendo os precipícios abaixo.

Por isso é que eu não saberia nunca julgar bem estes espíritos agitados e inquietos que não sendo chamados por sua origem ou por seu destino ao manejo dos negócios públicos, ficam sempre imaginando reformá-los. Aliás, se eu julgasse existir neste escrito a mínima coisa pela qual alguém pudesse me atribuir essa tontice, eu ficaria bastante aborrecido por tê-lo publicado. Jamais meu desejo foi além de procurar reformar meus próprios pensamentos e de edificar em terreno inteiramente meu.

Daí porque embora vos mostre o modelo da minha obra, dado que ela me agradou bastante, nem por isso desejo aconselhar ninguém a imitá-la. Aqueles a quem Deus mais premiou com suas graças, terão talvez propósitos mais elevados. Temo, porém, que para muitos este seja tido como bastante ousado. A resolução pessoal de se desfazer de todas as opiniões aceitas antes como verdadeiras, não é um exemplo que deva ser seguido por todos. O mundo é quase todo composto apenas de duas espécies de espíritos aos quais efetivamente ele não convém, ou seja, dos que, acreditando-se mais hábeis do que são, não podem deixar de precipitar os seus juízos, nem têm a paciência necessária para conduzir, com ordem, todos os seus pensamentos, donde resulta que uma vez tomada a liberdade de duvidar dos princípios recebidos e afastar-se do caminho comum, jamais poderiam encontrar a trilha certa para ir mais diretamente, ficando transviados a vida toda; e dos outros que tendo critério ou modéstia suficientes para se julgarem menos capazes de distinguir o verdadeiro do falso, do que aqueles pelos quais podem ser instruídos, devem, de preferência, se contentar em adotar as suas opiniões, ao invés de buscarem eles próprios outras melhores.

Quanto a mim, teria sido, sem dúvida, destes últimos, se não tivesse tido senão um único mestre, ou se não houvesse conhecido as diferenças existentes, em todos os tempos, entre as opiniões dos mais doutos. Mas tendo aprendido desde o colégio que nada se pode imaginar tão estranho ou incrível que não tenha sido por algum filósofo e depois, viajando, tendo reconhecido que todos os que têm sentimentos opostos aos nossos não são por isso bárbaros nem selvagens, senão que muitos usam a razão tanto ou até mais do que nós, e considerando como o mesmo homem, com o seu próprio espírito, se criado desde a infância entre Franceses e Alemães, torna-se diferente do que seria se houvesse vivido sempre entre Chineses ou Canibais, e como até nas modas de nossos vestuários, a mesma coisa que nos agradou há dez anos e que talvez nos torne a agradar daqui a outros dez anos, nos parece agora extravagante e ridícula, de sorte que o que mais nos persuade é muito mais o costume e o exemplo do que qualquer conhecimento certo; e que apesar de a pluralidade das opiniões não ser uma prova convincente para as verdades difíceis de descobrir, visto ser bem mais provável que as tenha encontrado um homem do que uma multidão, eu não poderia encontrar ninguém cujas opiniões me parecessem preferíveis às dos outros, motivo pelo qual me vi forçado a tentar guiar-me por mim mesmo.

Mas, como um homem que caminha só nas trevas, resolvi caminhar tão lentamente e usar de tanta circunspecção em tudo para que, embora avançando pouco, evitasse, ao menos, cair. Não quis mesmo começar rejeitando totalmente nenhuma das opiniões que outrora se implantaram em meu espírito, sem o terem sido pela razão, sem antes empregar bastante tempo em fazer o projeto da obra que eu empreendia e em procurar o verdadeiro método para chegar ao conhecimento de todas as coisas de que meu espírito fosse capaz.

Quando mais jovem, eu havia estudado um pouco, entre os ramos da Filosofia, a Lógica, e, entre as Matemáticas, a Geometria Analítica e a Álgebra, três artes ou ciências que pareciam dever contribuir algo para o meu objetivo. Mas, examinando-as, observei que, quanto à Lógica, seus silogismos e a maior parte da suas regras servem mais para explicar a outrem as coisas já sabidas, ou mesmo, como a arte de Lúlio[1],

[1] De Aristóteles, praticada por Lúlio, filósofo escolástico espanhol.

para falar levianamente das que se ignoram, do que para aprendê-las. Se bem que, efetivamente, ela encerre muitos preceitos verdadeiros e bons, existem entre eles, misturados, tantos outros nocivos e supérfluos, que é quase tão difícil separá-los, quanto tirar uma Diana ou uma Minerva de um bloco de mármore, ainda nem sequer esboçado. Pois, pela análise dos antigos e pela álgebra dos modernos, além de abrangerem matérias somente muito abstratas, as quais não parecem de nenhuma utilidade, a primeira está sempre tão adstrita à consideração das figuras, que não pode exercitar o entendimento sem fatigar muito a imaginação. Quanto à última, verifica-se tal submissão a certas regras e cifras, que se tornou ela uma arte confusa e obscura que embaraça o espírito, em vez de uma ciência que cultive. Isto me fez pensar que eu deveria procurar outro método, que, abrangendo as vantagens desses três, fosse isento de seus defeitos. E como a multiplicidade das leis muitas vezes propicia escusas aos vícios, de sorte que um Estado é muito melhor governado quando possui poucas, mas estritamente observadas, assim, em vez deste grande número de preceitos, de que se compõe a Lógica, acreditei bastarem-me os quatro seguintes, desde que tomasse uma firme e constante resolução de não deixar de observá-los uma só vez sequer.

O primeiro era não aceitar coisa alguma por verdadeira sem reconhecê-la evidentemente como tal, isto é, evitar cuidadosamente a precipitação e a prevenção e em meus julgamentos só inserir o que se apresentasse ao meu espírito tão clara e distintamente que não tivesse nenhuma ocasião de pô-lo em dúvida.

O segundo, em dividir cada uma das dificuldades que eu examinasse, em tantas parcelas quantas fossem possíveis e necessárias para melhor resolvê-las.

O terceiro, em conduzir ordenadamente meus pensamentos, começando pelos objetos mais simples e os mais fáceis de serem conhecidos, para pouco a pouco subir, como por degraus, até o conhecimento dos mais complexos, supondo certa ordem mesmo entre os que efetivamente não precedem naturalmente uns dos outros.

O último, em fazer sempre enumerações tão completas e revisões tão gerais, que ficasse seguro de nada omitir.

Essas longas cadeias de razões, todas elas tão simples e fáceis, de que os geômetras costumam servir-se para chegar às suas mais difíceis demonstrações, deram-me oportunidade de imaginar que todas as coisas acessíveis ao conhecimentos dos homens se deduzem igualmente umas das outras, motivo pelo qual desde que nos abstenhamos de admitir como verdadeira alguma que não o seja e que se obedeça sempre a ordem necessária para deduzi-las uma das outras, nenhuma delas pode existir tão afastada que não possa finalmente ser alcançada, nem tão oculta que não a descubramos. E não me foi difícil procurar aquelas pelas quais precisaria começar, pois já sabia que era pelas mais simples e fáceis de conhecer; e considerando que entre todos os que até agora buscaram a verdade nas ciências, só os matemáticos puderam encontrar algumas demonstrações, isto é, alguns raciocínios certos e evidentes, não duvidei que devesse começar pelas mesmas questões por eles examinadas, embora delas não esperasse outra utilidade a não ser a de acostumarem meu espírito a nutrir-se de verdades e a não se contentar com falsas razões.

Mas, eu não tive o propósito de, por isso, aprender todas as ciências particulares que vulgarmente se chamam matemáticas. E percebendo que, embora seus objetos sejam diferentes, todas elas não deixam de se harmonizar na consideração das diversas relações ou proporções que neles deparam, concluí ser preferível examinar somente essas proporções em geral sem as admitir senão nos assuntos que servissem para me facilitar o seu conhecimento, sem de modo algum as restringir a eles, a fim de poder depois aplicá-las a todos os outros às quais elas conviessem. Por outro lado, considerando que, para conhecê-las, eu precisaria, ora considerá-las cada qual em particular, e somente algumas vezes retê-las na memória, ou as compreender conjuntamente, pensei que para melhor considerá-las em particular, devia figurá-las como linhas, visto não encontrar nada mais simples, sem quem mais distintamente pudesse representar à minha imaginação e aos meus sentidos. Mas para retê-las na memória, ou as compreender muitas ao mesmo tempo, preciso era designá-las por alguns sinais os mais simples possíveis, uma vez que por esse processo eu utilizaria o que de melhor possuem a Análise Geométrica e a Álgebra, e corrigiria todas as falhas de uma pela outra.

Efetivamente atrevo-me a dizer que a exata observação desses poucos preceitos por mim escolhidos, tal facilidade me proporcionou para deslindar todas as questões abraçadas por essas duas ciências, que em dois ou três meses gastos em examiná-las, começando pelas mais simples e gerais, e tomando cada verdade nova encontrada como um regra que me servia para depois descobrir outras, não somente resolvi várias que antes julgava dificílimas, mas também me pareceu finalmente que eu podia determinar, mesmo naqueles que ignorava, os meios e até onde poderia resolvê-las. Nesse ponto, talvez eu não vos pareça muito vão, se se considerar que, havendo uma só verdade em cada coisa, quem a encontre dela ficará sabendo tudo o que se pode saber, motivo pelo qual, por exemplo, uma criança instruída em aritmética, tendo efetuado uma soma seguindo suas regras, pode sentir-se segura de ter encontrado, no tocante à soma por ela realizada, tudo o que o espírito humano poderia encontrar. Porque, enfim, o método que ensina a seguir a verdadeira ordem e a relacionar exatamente todas as circunstâncias daquilo que se procura, contém tudo o que dá certeza às regras de aritmética.

Mas, o que mais me agradava neste método era que, por ele, eu estava seguro de ter em tudo usado só a minha razão, se não de forma muito perfeita, ao menos pelo melhor que estava em meu alcance, além de sentir, ao praticá-lo, que meu espírito se acostumava pouco a pouco a compreender mais nítida e distintamente seus objetos, e que não o tendo submetido a nenhuma matéria particular, eu me comprometia comigo mesmo a aplicá-lo tão utilmente às dificuldades das outras ciências, como eu já havia feito com as da Álgebra.

Não que por isto eu me atrevesse a examinar primeiramente todas aquelas que se apresentassem, porque isto mesmo teria sido contrário à ordem que ele prescreve, mas, tendo percebido que todos os seus princípios deviam ser deduzidos da Filosofia, na qual eu não havia ainda encontrado princípios certos, senti que, antes de tudo, era preciso que eu tentasse estabelecê-los e que, sendo isto a coisa mais importante do mundo, onde a precipitação e a prevenção é o que mais se deve temer, eu não devia de forma alguma tomar a resolução de ir até o fim antes de atingir idade bem mais madura do que a dos vinte e três anos, que eu tinha nessa ocasião, e sem que tivesse empregado muito tempo a me preparar por isso, não só erradicando de meu espírito todas as más opiniões que até essa época eu havia admitido, como também me provendo de diversas experiências destinadas a serem depois matéria de meus raciocínios, além de me exercitar sempre no método.

TERCEIRA PARTE

Enfim, como não basta, antes de começar a reedificar a casa onde moramos, derrubá-la, fazer provisão de materiais e contratar arquitetos, ou nos tornamos nós mesmos arquitetos, e ainda, elaborarmos cuidadosamente o projeto, pois precisamos também arranjar outra em que possamos comodamente nos alojar durante as obras, assim, para que permanecesse irresoluto em minhas ações enquanto a razão me obrigasse a sê-lo em meus julgamentos, e para que não deixasse de viver, desde então, do modo mais feliz que pudesse, eu formei para mim mesmo uma moral provisória, consistente em apenas três ou quatro máximas, que faço questão de vos expor.

A primeira era obedecer às leis e costumes de meu país, conservando a religião em que Deus me concedeu a graça de ser instruído desde a infância, e me dirigindo em todas as outras coisas segundo as opiniões mais moderadas e mais afastadas dos exageros, e que comumente fossem aceitas pelas pessoas mais sensatas, entre as quais eu precisava viver. Isso porque, começando desde logo por não contar com as minhas próprias, visto como eu pretendia submetê-las todas a exame, eu estava convicto de que melhor seria seguir as dos mais sensatos. E não obstante talvez existam tantas pessoas sensatas entre os persas e os chineses como entre nós, parecia-se mais prático me orientar pelas regras daqueles com os quais eu ia viver e que, para conhecer quais eram realmente suas opiniões, eu deveria observar mais o que eles praticavam do que o que diziam, não somente porque, na corrupção de nossos costumes, há poucas pessoas querendo dizer tudo o que acreditam, mas também porque muitas delas o ignoram. Isso porque o ato de pensar, pelo qual se conhece uma coisa, sendo diferente daquele pelo qual acreditam conhecê-la, permite admitir que uma nada tem a ver com a outra. E, entre as diversas opiniões igualmente admitidas, eu ficava apenas com as mais moderadas, não só porque são mais cômodas para serem praticadas, e verdadeiramente as melhores, pois todo o excesso costuma ser negativo, como também para me afastar o menos possível do verdadeiro caminho no caso em que eu me enganasse ou se, tendo tomado um dos extremos, fosse o outro o que deveria ter seguido.

Propositalmente, eu colocava entre os excessos todas as convenções pelas quais alguém restringisse em alguma coisa sua liberdade. Não que eu desaprovasse as leis que, para remediar a inconstância dos espíritos fracos, permitem – quando se tem um bom objetivo, ou mesmo, para a segurança das relações humanas, algum objetivo não essencial – que se assumam compromissos ou contratos que obriguem a perseverar naquele intento. Mas porque eu não via no mundo coisa alguma que sempre ficasse inalterada e também porque, quanto a mim próprio, eu me prometia aperfeiçoar cada vez mais meus juízos, ao invés de os tornar piores. Acreditei que cometeria uma falta contra o bom senso se, só porque aprovasse alguma coisa, eu me obrigasse a considerá-la boa ainda depois que ela deixasse de ser, ou quando eu não mais a considerasse como tal.

Minha segunda máxima era ser o mais firme e mais resoluto que pudesse em minhas ações e não seguir com menor firmeza as opiniões mais duvidosas, quando resolvesse adotá-las, como se elas se apresentassem bem fundamentadas, imitando nisso os viajantes que, encontrando-se perdidos em alguma floresta, não devem ficar girando de um lado para outro nem, menos ainda, quedar-se num lugar, mas caminhar sempre o mais diretamente que possam numa mesma direção, dela não se desviando por motivos irrelevantes, ainda que tenha sido essa direção inicialmente escolhida ao acaso, pois por esse meio, ainda que não cheguem exatamente aonde desejam, chegarão afinal e ao menos a qualquer lugar, onde estarão evidentemente melhor que no meio da floresta. E assim desde que as ações da vida não sofram muitas vezes nenhum atraso, tem-se como verdade real que, sempre que não estiver em nosso poder discernir as opiniões mais verdadeiras, devemos seguir as mais prováveis, e ainda que não vejamos mais probabilidade numas do que em outras, devemos, todavia, decidirmo-nos por algumas considerando-as depois não mais como duvidosas (tanto que elas se relacionem com a prática), mas como bastante verdadeiras e certas, visto que a razão que a isso nos levou deve ser considerada como tal. Isto permitiu que me liberasse desde logo de todos os arrependimentos e remorsos que costumam agitar as consciências desses espíritos fracos e indecisos que se deixam levar hesitantemente a praticar como boas coisas que depois julgam más.

Minha terceira máxima era procurar sempre vencer antes a mim do que ao destino, e a mudar meus desejos e não a ordem do mundo, de maneira geral me acostumando a crer que nada existe inteiramente em nosso poder salvo os nossos pensamentos, de sorte que depois de ter feito o melhor em relação às coisas que nos são extremos, tudo que falta para alcançarmos é, para nós, absolutamente impossível. E só isto me parecia suficiente para impedir de desejar no futuro o que não pudesse adquirir. E isso bastava para me tornar contente. Realmente, condicionando naturalmente nossa vontade a desejar somente as coisas que o nosso entendimento de certa forma demonstre ser possíveis e sendo certo que se consideramos todos os bens fora de nosso alcance como igualmente afastados de nosso poder, não mais teremos de lamentar a falta daqueles que nos parecem devidos pelas condições decorrentes de nascimento, quando deles estivermos privados sem nossa culpa, tal como não podemos nos lamentar por não possuirmos os reinos da China ou do México, e fazendo, como se diz, da necessidade virtude, também não desejaremos estar sãos quando doentes, ser livres estando na prisão, tal como não desejamos agora ter corpos de matéria tão pouco corruptível como os diamantes, ou asas para voar como pássaros.

Confesso, porém, que é necessário um longo exercício e uma meditação freqüentemente reiterada, para nos habituarmos a olhar todas as coisas por este prisma. Creio que é principalmente nisso que consistia o segredo daqueles filósofos que puderam outrora subtrair-se ao império da fortuna, e, apesar de dores e pobrezas, disputar a felicidade com os seus deuses. Porque, ocupando-se incessantemente em considerar os limites que lhes eram prescritos pela natureza, persuadiam-se tão perfeitamente que nada estava em seu poder além dos seus próprios pensamentos, que só isto era suficiente para impedi-los de ter alguma afeição por outras coisas, motivo pelo qual eles dispunham desses pensamentos tão absolutamente que tinham nisto alguma razão para se considerar mais ricos, mais poderosos, mais livres e mais felizes do que os outros homens, que, não tendo essa filosofia, não dispõem jamais de tudo o que desejam, por mais favorecidos que possam ser pela natureza e pela sorte.

Enfim, para conclusão dessa moral, eu me decidi a fazer uma revisão das múltiplas ocupações que os homens têm na vida, com o objetivo de escolher a melhor, e sem que eu queira dizer algo, sobre as dos outros, julguei que eu não poderia fazer nada melhor do que continuar com aquela mesma em que me achava, qual fosse, empregar toda minha vida em cultivar minha razão e avançar tanto quanto pudesse no conhecimento da verdade, segundo o método que me havia prescrito. Eu havia experimentado tão grandes satisfações desde que comecei a me servir desse método que não acreditava pudessem existir nesta vida outras mais gratas ou mais puras. E descobrindo diariamente por meio desse método algumas verdades que me pareciam muito importantes e em geral ignoradas pelos outros homens, a satisfação que eu tinha com isso empolgava tanto meu espírito, que tudo o mais não me sensibilizava. Além disso, as três máximas precedentes eram baseadas unicamente no desejo que eu tinha de continuar a me instruir, porque Deus, tendo dado a cada um de nós alguma luz para discernir o verdadeiro do falso, eu não me julgaria no dever de me contentar com opiniões alheias um só momento, se não tivesse proposto a mim próprio meu próprio juízo para examiná-las no tempo devido e não tivesse sabido me libertar de escrúpulos em segui-las, se não esperasse perder, por isso, nenhuma ocasião de encontrar outras melhores, caso existissem. E, por fim, eu não saberia limitar os meus desejos nem me sentir contente, se não tivesse seguido um caminho pelo qual, acreditando estar seguro da aquisição de todos os conhecimentos de que fosse capaz, eu pudesse ser também capaz de, pelos mesmos meios, adquirir todos os verdadeiros bens que estivessem sempre a meu alcance, tanto mais que, não sendo nossa vontade propensa a seguir nem a evitar nenhuma coisa que ao nosso entendimento se apresente boa ou má, basta julgar bem para fazer bem, e julgar o melhor que se possa para fazer também o melhor, ou seja, para adquirir todas as virtudes, e com elas, todos os bens que podem ser adquiridos. E quando estamos certos de que assim é, não se pode deixar de estar satisfeito.

Depois de assim me assegurar destas máximas, e de tê-las posto de parte com as verdades da fé, que foram sempre as primeiras em minha crença, eu acreditei que poderia me desembaraçar livremente do restante de minhas opiniões. E como esperava poder alcançar mais facilmente esse objetivo conversando com os homens, do que permanecendo junto à lareira, onde tivera todas estas idéias, nem bem o inverno terminara já recomeçava eu a viajar.

E durante os nove anos seguintes, não fiz outra coisa que rolar de cá para lá no mundo, esforçando-me por ser mais espectador do que ator, em todas as comédias nele representadas. E refletindo particularmente em cada matéria sobre o que podia torná-la suspeita e dar ensejo a nos enganar, eu ia ao mesmo tempo erradicando do meu espírito todos os erros que até então nele se haviam infiltrado. Não que imitasse com isso os céticos, que duvidam apenas por duvidar e se mostram sempre irresolutos, porque, ao contrário, toda minha intenção se destinava a me proporcionar certeza e evitar a terra movediça e a areia, para encontrar a rocha e a argila.

Parece-me que nesse ponto fui bem sucedido, pois que, insistindo em descobrir a falsidade ou a incerteza das proposições que examinava, não por frágeis conjecturas, mas por raciocínios claros e seguros, jamais encontrei alguma tão duvidosa a ponto de não permitir que dela eu tirasse sempre alguma conclusão bastante certa, salvo quando efetivamente nela nada existisse de certo. E, tal como ao demolir uma velha casa, dela geralmente reservamos materiais a serem utilizados na construção de outra nova, assim, ao destruir todas as minhas opiniões que julgava mal fundamentadas, eu fazia diferentes observações e adquiria diversas experiências, que me serviram depois para estabelecer mais certas. Por outro lado, eu continuava a me exercitar no método que me havia prescrito, porque, além do cuidado que eu tinha em conduzir geralmente meus pensamentos segundo suas regras, eu me reservava, de vez em quando, algumas horas que empregava de modo especial em aplicá-lo às dificuldades das matemáticas, como também a algumas outras que eu pudesse tornar quase semelhantes às das matemáticas, desligando-as de todos os princípios das outras ciências que eu não achasse bastante firmes, como percebereis que fiz com diversas que são explicadas neste volume. E, assim, sem viver na aparência de maneira diferente daqueles que, não tendo nenhuma ocupação senão passar uma vida suave e inocente, se aplicam em separar os prazeres dos vícios, e, para gozar do seu lazer sem se aborrecer, usam todas as distrações honestas, eu não deixava de prosseguir em meu objetivo e de aproveitar o conhecimento da verdade, talvez mais do que se tivesse apenas me aplicado na leitura dos livros ou em freqüentar os homens de letras.

Todavia, esses nove anos se passaram antes que eu houvesse tomado algum partido acerca das dificuldades que habitualmente são discutidas pelos doutos, ou começado a procurar os fundamentos de alguma filosofia mais certa do que a vulgar. É o exemplo de diversos excelentes espíritos que tiveram antes de mim esse mesmo propósito, sem, ao que me parecia, terem obtido sucesso, fazia-se imaginar tantas dificuldades que talvez não tivesse ousado empreender essa tarefa tão cedo, se eu não percebesse que alguns faziam correr o boato de que já a tinha realizado.

Eu não saberia dizer em que baseavam esta opinião e se, para isso contribuí com alguma coisa em meus discursos, isso deve ter sido por ter eu confessado o que ignorava mais ingenuamente do que costumam fazer os que estudam pouco, e talvez também por fazer ver as razões que eu tinha para duvidar de muitas coisas que os outros consideravam certas, ao invés de me vangloriar de qualquer doutrina. Mas, tendo bastante honradez para não querer que me tomassem pelo que eu não era, pensei ser necessário procurar por todos os meios tornar-me digno da reputação que eu tinha. E há justamente oito anos que este desejo me levou a afastar-me de todos os lugares onde pudesse ter conhecidos e a retirar-me para cá, num país onde a longa duração da guerra estabeleceu tais regras de conduta que os exércitos aqui instalados parecem servir apenas para fazer com que aqui se gozem os frutos da paz com muito mais segurança, e onde, entre a multidão de um grande povo bastante ativo e mais preocupado por seus próprios interesses que curioso dos alheios, sem faltar nenhuma das comodidades existentes nas cidades mais freqüentadas, pude viver tão retirado e solitário como nos desertos mais afastados.

QUARTA PARTE

Não sei se devo conversar convosco sobre as primeiras meditações que fiz, pois elas são tão metafísicas e pouco comuns, que talvez não agradarão a todos; todavia para que se possa julgar se os fundamentos que tomei são bastante firmes, encontro-me, de certa maneira, forçado a falar sobre elas.

Desde muito, eu havia observado que, quanto aos costumes, é necessário muitas vezes seguir opiniões que sabemos serem incertas tal como se elas fossem, indubitáveis, como já foi dito antes. Mas, porque então eu pretendia ocupar-me unicamente na pesquisa da verdade, julguei que era necessário fazer precisamente o contrário, rejeitando como absolutamente falso tudo aquilo onde eu encontrasse a menor dúvida, a fim de ver, depois disto, se ainda restava alguma coisa em minha crença que fosse inteiramente indubitável. Assim, considerando que nossos sentidos de vez em quando nos enganam, eu preferi supor que nenhuma coisa existe e que seja exatamente igual ao que eles nos fazem imaginar. E porque há homens que se enganam quando raciocinam sobre os mais simples assuntos de Geometria, nisso cometendo paralogismos, e admitindo que eu era sujeito a erros como qualquer um, rejeitei como falsas todas as razões que tomara anteriormente como demonstrações. E, enfim, considerando que os mesmos pensamentos que temos quando acordados também podem nos vir quando dormimos, sem que nenhum, e em qualquer dessas ocasiões, seja verdadeiro, resolvi fingir que todas as coisas que se haviam implantado no meu espírito não eram mais verdadeiras que as ilusões do meus sonhos. Mas logo depois eu me adverti de que, enquanto eu queria pensar que tudo era falso, necessário se tornava que eu, que pensava, que fosse alguma coisa. E, notando que esta verdade “penso, logo existo” era tão firme e tão segura, que todas as mais extravagantes suposições dos céticos eram incapazes de abalar, julguei que podia aceitá-la, sem dúvida, como primeiro princípio da filosofia que procurava.

Depois, examinando com atenção o que eu era, e vendo que podia supor não ter eu corpo algum e não haver nenhum mundo ou lugar onde eu existisse, mas que eu não podia, só por isso, admitir que eu não existisse, e que, ao contrário, pelo fato mesmo de eu duvidar da verdade das outras coisas, concluía-se evidente e certamente que eu existia, enquanto que, se tivesse somente parado de pensar, ainda que tudo o mais que eu imaginara fosse verdade, eu não teria nenhuma razão de crer que existisse. Disso deduzi que eu era uma substância cuja essência ou natureza é somente pensar e que, para existir, não precisa de nenhum lugar nem depende de coisa alguma material. Assim este “eu”, isto é, a alma, pela qual sou o que sou, é inteiramente distinta do corpo e até mais fácil de ser conhecida que ele, e ainda que ela não existisse, nem por isso ela deixaria de ser o que é.

Depois, considerei o que geralmente requer uma proposição para ser verdadeira e certa. E porque eu acabava de encontrar uma que considerava certa, julguei que devia saber também no que consiste esta certeza. E tendo notado que nada há nesse “penso, logo existo”, capaz de assegurar que digo a verdade, a não ser que eu considere como claro que para pensar é necessário existir, julguei que podia tomar como regra geral que as coisas que concebemos bem clara e distintamente são todas verdadeiras, havendo somente alguma dificuldade em distinguir bem quais são as que concebemos distintamente.

Em conseqüência do que, ao refletir sobre o que duvidava, e, por conseguinte, que meu ser não era completamente perfeito, pois via claramente que era uma perfeição maior o conhecer que o duvidar, deliberei indagar de onde partia a idéia sobre alguma coisa mais perfeita do que eu, e percebi evidentemente que devia ser de alguma natureza que fosse realmente mais perfeita.

Sobre os pensamentos que eu tinha das muitas coisas fora de mim, como do céu, da terra, da luz, do calor e de mil outras, não me empenhava em saber de onde eles vinham, porque, nada notando neles que me parecesse torná-los superiores a mim, podia crer que, se fossem verdadeiros, eles sentiam dependências de minha natureza tanto quanto esta tivesse alguma perfeição. E se não o fossem, eu os considerava como vindos do nada e estavam em mim porque eu era imperfeito.

Mas, o mesmo não ocorria com a idéia de um ser mais perfeito que o meu, porque admiti-la como vinda do nada era coisa manifestamente impossível. E porque admitir que o mais perfeito é uma conseqüência e uma dependência do menos perfeito não constitui contradição menor do que admitir que do nada procede alguma coisa, eu não podia admitir que aquela idéia partisse de mim mesmo. Disso resultava que essa idéia havia sido implantada em mim por uma natureza verdadeiramente mais perfeita que eu e que tivesse mesmo em si todas as perfeições de que eu pudesse ter alguma idéia, isto é, para explicar-se em uma palavra, por Deus.

E acrescentei que, visto eu conhecer algumas perfeições que não possuía, eu não era o único ser que existia (se me permitem, usarei aqui livremente a palavra da Escola)[1], mas que necessariamente devia existir algum ponto mais perfeito do qual eu dependesse e do qual tivesse adquirido tudo o que possuía. Porque, se eu fosse único e independente de qualquer outro, de forma que tivesse tirado de mim mesmo todo o pouco com que participava do Ser perfeito, eu teria podido receber de mim próprio, pela mesma razão, tudo o mais

[1] *Peripatética*, segundo anotações de Louis Dimier.

que eu reconhecia me faltar, e, assim, ser eu mesmo infinito, eterno, imutável, onisciente, todo-poderoso e ter, enfim, todas as perfeições que eu podia notar em Deus. Realmente, segundo os raciocínios que acabo de fazer, para conhecer a natureza de Deus, tanto quanto a minha seria capaz, eu só devia considerar, em todas as coisas de que encontrasse em mim alguma idéia, se era ou não perfeição possuí-las, e estava seguro de que nenhuma daquelas que mostravam alguma imperfeição existia nele, mas que todas as outras nele se encontravam. Assim, eu via que a dúvida, a inconstância, a tristeza e coisas parecidas não podiam existir nele, visto que eu mesmo me sentia feliz por estar isento delas. Por outro lado, eu tinha idéia de muitas coisas sensíveis e corporais, porque, conquanto supusesse que sonhava e que tudo quanto via ou imaginava era falso, eu não podia negar, todavia, que tais idéias não existissem verdadeiramente em meu pensamento. Mas, por já haver reconhecido em mim, claramente, que a natureza inteligente é distinta da corporal, considerando que toda composição revela uma dependência, e que a dependência é manifestamente uma imperfeição, eu deduzia daí que não podia constituir uma perfeição de Deus o ser composto destas duas naturezas, e que, por conseguinte, ele não o era; mas que se existiam alguns corpos no mundo, ou então algumas inteligências ou outras naturezas que não fossem integralmente perfeitas, o seu ser devia depender de seu poder, de tal sorte que não podiam subsistir sem ele um só momento.

Em determinado momento, eu quis procurar outras verdades e tendo-me proposto o objeto das geômetras,[2] que eu concebia como um corpo contínuo, ou como um espaço indefinidamente extenso em comprimento, largura e altura, ou profundidade, divisível em diversas partes, que podiam ter

[2] A extensão, segundo observação de Dimier.

várias figuras e grandezas e ser movidas ou transpostas de todas as maneiras, pois os geômetras supõem tudo isto como seu objeto, percorri algumas de suas mais simples demonstrações; e observando que essa grande certeza que todos lhe atribuem funda-se apenas no que se concebe como evidente, segundo a regra a que há pouco me referi, verifiquei também que nelas nada havia capaz de me assegurar sobre a existência do seu objeto. Porque, por exemplo, eu via bem que, supondo um triângulo, era necessário que seus três ângulos fossem iguais a dois retos; mas eu não via nada disso que me garantisse que no mundo houvesse algum triângulo, enquanto que, voltando a examinar a idéia que tinha de um Ser perfeito, achava que a existência estava nele compreendida, do mesmo modo que se compreende na de um triângulo que seus três ângulos são iguais a dois retos, ou na idéia de uma esfera, que todas as suas partes[3] são igualmente distantes do seu centro, ou mais evidentemente ainda, e que, por conseqüência, é pelo menos tão certo que Deus, que é este Ser tão perfeito, é ou existe, como nenhuma demonstração de Geometria poderia ser.

Mas o que faz com que haja muitos persuadidos de que há dificuldade em conhecê-lo, e também em conhecer o que é sua alma, é que eles nunca elevam seu espírito acima das coisas sensíveis e estão de tal modo acostumados a nada considerar senão através da imaginação, que é uma maneira de pensar adequada para as coisas materiais, que tudo o que não é imaginável lhes parece ser ininteligível, do que resulta que mesmo os filósofos têm como máxima nas escolas, que nada existe no entendimento que não tenha existido antes nos sentidos, nos quais, todavia, jamais existiram as idéias de

[3] Segundo a definição dos geômetras, esfera é um corpo sólido limitado em todas as direções por uma superfície curva da qual todos os pontos distam igualmente do centro. (Nota da tradutora.)

Deus e da alma. Parece-me que aqueles que querem usar de uma imaginação para compreendê-las, agem exatamente como se, para ouvir sons ou sentir odores, pretendessem se servir de seus olhos. Por outro lado, há ainda uma diferença, ou seja, que o sentido da vista não nos oferece menos verdade sobre seus objetos do que o fazem os sentidos do olfato ou da audição, ao passo que nem a nossa imaginação nem os nossos sentidos jamais poderiam nos proporcionar juízo seguro sobre qualquer coisa sem que nosso entendimento interviesse nessa operação.

Enfim, se há homens ainda não bastante persuadidos da existência de Deus e da sua alma pelas razões que citei, quero então que saibam que todas as outras coisas sobre as quais pensam, talvez, estar mais seguros, tais como a de possuírem um corpo, a de haver astros e uma Terra, e coisas semelhantes, são menos certas, uma vez que, embora se tenha uma segurança moral sobre elas, de tal modo que, sob pena de ser cometer extravagância, delas não se pode duvidar. Da mesma forma, a menos que se seja insensato, quando se tratar duma certeza metafísica, não se pode negar que o fato de não estarmos delas seguros não justifica que delas duvidemos, do mesmo modo que não se pode imaginar, estando dormindo, que temos um outro corpo e que vemos outros astros e uma outra Terra, sem que nada disso exista.

Por que se inferir disso que os pensamentos vindos durante o sonho são mais falsos que os outros, visto que muitas vezes eles não são menos vivos e nítidos? Ah! que os melhores espíritos estudem isso quanto queiram, não creio que possam dar nenhuma razão suficiente para afastar esta dúvida, se não pré-admitirem a existência de Deus. Pois, primeiramente, aquilo mesmo que antes eu adotara como regra, isto é, que as coisas que concebemos muito clara e distintamente são todas verdadeiras, só é assegurado pelo fato de que Deus é ou existe, de que ele é um ser perfeito e de que tudo que existe em nós nos vem dele. Daí se segue que as nossas idéias ou noções, sendo coisas reais e vindas de Deus em tudo quanto são claras e distintas, só podem ser, por isso, verdadeiras. De maneira que se temos freqüentemente outras impregnadas de falsidade, só podem ser talvez aquelas que têm algo de confuso e obscuro, porque nisso elas participam do nada, ou seja, que elas estão em nós assim confusas porque não somos inteiramente perfeitos. E é evidente que repugna tanto pensar que a falsidade ou a imperfeição procedem de Deus, quanto admitir que a verdade e a perfeição procedem do nada. Mas se não soubéssemos que tudo que existe em nós de real e de verdadeiro vem de um ser verdadeiro e infinito, por claras e distintas que fossem as nossas idéias, não teríamos nenhuma razão nos garantindo de que elas tivessem a perfeição de ser verdadeiras.

Ora, depois que o conhecimento de Deus e da alma assim nos tornou certos dessa regra, é bem fácil saber que os sonhos que imaginamos, quando adormecidos, não devem de modo algum nos fazer duvidar da verdade dos pensamentos que temos quando estamos acordados.

Porque, se nos ocorresse, mesmo dormindo, uma idéia bem clara, como, por exemplo, que um geômetra inventasse alguma nova demonstração, o sono não a impediria de ser verdadeira. E, quanto ao erro mais comum de nossos sonhos, que consiste em nos representarem diversos objetos do mesmo modo que o fazem nossos sentidos exteriores, não importa que ele nos dê ocasião de desconfiar da verdade de tais idéias, porque estas também podem nos enganar muitas vezes sem que estejamos dormindo, como quando os que têm icterícia vêem tudo de cor amarela, ou como os astros ou outros corpos muito afastados nos parecem menores do que são. Porque, enfim, seja acordados, seja adormecidos, nunca nos devemos deixar persuadir senão pela evidência de nossa razão. E convém notar que eu digo de nossa razão e não de nossa imaginação, nem de nossos sentidos, porque, ainda que vejamos o sol muito claramente, não devemos julgar por isso que ele seja apenas do tamanho que o vemos; e, podendo imaginar distintamente uma cabeça de leão unida ao corpo de uma cabra, não precisamos concluir daí que no mundo existe uma quimera. Pois, a razão não nos diz quc seja verdadeiro o que assim vemos ou imaginamos. Mas, ela nos diz que todas as nossas idéias ou noções devem ter algum fundamento de verdade, porque não seria possível que Deus, que é absolutamente perfeito e verdadeiro, as tivesse posto em nós sem isto. E, porque nossos raciocínios nunca são tão evidentes nem tão completos durante o sono como quando acordados, embora algumas vezes as nossas imaginações sejam, nessas ocasiões, tanto ou mais vivas e expressivas, a razão nos diz ainda que não podendo os nossos pensamentos ser todos os verdadeiros, por não sermos absolutamente perfeitos, o que eles têm de verdadeiro deve infalivelmente encontrar-se naqueles que temos quando acordados e não aqueles que temos quando sonhamos.

QUINTA PARTE

Eu preferiria prosseguir e mostrar todo o encadeamento das outras verdades que deduzi destas primeiras. Mas, como para fazer isto seria necessário que falasse agora de diversas questões que são controvertidas entre os doutos, com quem não desejo me envolver, creio que será melhor sobre elas me abster, dizendo somente, em geral, quais são elas, a fim de deixar aos mais sábios julgar sobre a conveniência de sobre elas ser o público informado minuciosamente.

Permaneci sempre firme na resolução que tomara de não supor nenhum outro princípio além do que acabo de me servir para demonstrar a existência de Deus e da alma, e de não aceitar como verdadeiro nada que não me parecesse mais claro e mais certo do que as anteriores demonstrações dos geômetras. E, não obstante, ouso dizer que não somente encontrei meio de me satisfazer em pouco tempo sobre todas as principais dificuldades de que se costuma tratar na Filosofia, como também observei certas leis que Deus de tal modo estabeleceu na natureza e das quais imprimiu tais noções em nossas almas, que depois de sobre elas ter demoradamente refletido, não poderíamos duvidar que elas não são exatamente observadas em tudo o que existe ou que se faz do mundo. Depois, considerando o resultado dessas leis, parece-me ter descoberto muitas verdades mais úteis e mais importantes do que tudo quanto eu havia aprendido antes, ou mesmo, que havia esperado aprender.

Mas, porque me esforcei para explicar as principais dessas verdades num tratado que certas considerações me impedem de publicar, não poderia melhor fazê-las conhecidas que dizendo aqui, sumariamente, o que ele contém.

Tive a intenção de incluir nele tudo que pensava saber antes de escrevê-lo, no tocante à natureza das coisas materiais. Mas, assim como os pintores que, não podendo representar exatamente em tela plana todas as diversas faces de um corpo sólido, escolhem uma das principais e a apresentam à claridade, sombreando as outras, só as fazendo aparecer à medida que são vistas juntamente com aquela, assim, temendo não poder pôr no meu discurso tudo quanto tinha no pensamento, resolvi expor amplamente só o que nele eu entendia sobre a luz, para depois, em ocasião oportuna, acrescentar alguma coisa sobre o sol e as estrelas fixas, porque destas ela procede quase toda, bem como sobre os céus, porque eles a transmitem, sobre os planetas, os cometas e a Terra, porque a refletem e, em particular, sobre todos os corpos existentes sobre a Terra, porque eles são ou coloridos, ou transparentes ou luminosos e, enfim, sobre o homem, porque ele é o espectador de tudo. E, mesmo, para sombrear um pouco todas estas coisas e poder dizer mais livremente o que pensava sobre elas, sem ser obrigado a seguir ou a refutar as opiniões aceitas pelos doutos, decidi-me deixar todo este mundo às suas disputas e falar somente sobre o que aconteceria em um mundo novo, se Deus criasse agora em qualquer parte dos espaços imaginários matéria bastante para o compor e se agitasse diversamente e sem ordem as diversas partes dessa matéria, de sorte que com esta ele formasse um caos tão confuso quanto o podem os poetas supor e que, além disso, ele não fizesse outra coisa senão prestar o seu concurso habitual à natureza, deixando-a agir segundo as leis por ele estabelecidas.

Assim, primeiramente, descrevi essa matéria e procurei representá-la de tal modo que, segundo me parece, nada há no mundo mais claro e mais inteligível, exceto o que foi dito antes, sobre Deus e a alma, porque realmente eu acreditava que nela não havia nenhuma dessas formas ou qualidades sobre as quais se discute nas escolas nem, geralmente, coisa alguma cujo conhecimento não fosse tão natural às nossas almas a ponto de não podermos sequer fingir ignorá-la. Além disso, mostrei quais eram as leis da natureza, e, sem apoiar as minhas razões em nenhum outro princípio senão as perfeições infinitas de Deus, esforcei-me por demonstrar todas aquelas que poderiam apresentar alguma dúvida e a evidenciar que elas são tantas que, mesmo que Deus tivesse criado vários mundos, não poderia haver nenhum onde elas deixassem de ser observadas. Depois disso, mostrei-me como a maior parte da matéria desse caos devia, em razão dessas leis, dispor-se e arrumar-se de um certo modo que a tornasse semelhante aos nossos céus, como no entretempo, algumas de suas partes deviam compor uma Terra, outras, planetas e cometas, outras um sol e estrelas fixas. E aqui, me alongando sobre o tema da luz, expliquei longamente qual era a que devia ser encontrada no sol e nas estrelas, e como, de lá, ela atravessava num instante os imensos espaços dos céus e como se refletia dos planetas e dos cometas para a Terra. Acrescentei, nesse ponto, também muitas coisas sobre a substância, a situação, os movimentos e todas as diversas qualidades desses céus e desses astros. Deste modo, acreditava ter dito sobre elas o suficiente para mostrar que nada se observa nos deste mundo, que não devesse ou, pelo menos, que não pudesse parecer inteiramente igual aos do mundo que eu descrevia.

Em seguida, comecei a falar particularmente da Terra: como ainda que eu tivesse expressamente admitido que Deus não havia posto nenhum peso na matéria de que ela se compunha, todas as partes não deixavam de tender exatamente para o seu centro; e como, havendo água e ar em sua superfície, a disposição dos céus e dos astros, principalmente da lua, devia causar nela um refluxo semelhante em todas estas circunstâncias ao que se nota nos mares, e além disso, uma certa corrente, tanto da água como do ar, do levante para o poente, tal como se vê também entre os trópicos; como as montanhas, os mares, as fontes e os rios podiam nela se formar naturalmente, e os metais surgir nas minas, e as plantas crescer nos campos e geralmente gerar-se todos os corpos chamados mistos ou compostos. E entre outras coisas, como, além dos astros, eu nada conhecia no mundo capaz de produzir a luz, senão o fogo, dediquei-me a demonstrar bem claramente tudo o que pertencia à sua natureza, como ele se produz, como se nutre, como algumas vezes ele tem apenas calor sem luz e outras vezes luz sem calor, como ele pode produzir diferentes cores em diferentes corpos e muitas outras qualidades; como é que funde uns corpos e endurece outros, como pode consumi-los quase todos, ou convertê-los em cinzas ou em fumaça, e enfim, como destas cinzas, somente pela violência de sua ação, ele forma o vidro. E porque esta transmutação de cinzas em vidro pareceu-me tão admirável como nenhuma outra que ocorre na natureza, tive particularmente prazer em descrevê-la.

Todavia, eu não desejava deduzir de todas estas coisas que este mundo tivesse sido criado tal como eu afirmava, pois é bem mais verossímil que, desde o começo, Deus o tenha criado como devia ser. Mas é certo, e é opinião comumente aceita pelos teólogos, que a ação pela qual ele agora o conserva é exatamente igual àquela pela qual ele o criou, de sorte que, ainda que não lhe tivesse dado no princípio outra forma que a do caos, visto que tenha estabelecido as leis da natureza, ele lhe prestou seu concurso para que ela agisse segundo seus próprios hábitos, pode-se crer, sem menosprezar o milagre da criação, que só por isso todas as coisas que são simplesmente materiais pudessem com o tempo tornar-se tais como as vemos atualmente. E sua natureza é bem mais facilmente entendida quando assim as vemos nascer pouco a pouco, do que quando as consideramos completamente feitas.

Da descrição dos corpos inanimados e das plantas, passei à dos animais e particularmente à dos homens. Mas, porque não possuía ainda bastante conhecimento para deles falar da mesma forma que do resto, isto é, demonstrando os efeitos pelas causas, e mostrando de que germes e de que modo a natureza os deve produzir, contentei-me em supor que Deus tivesse formado o corpo do homem inteiramente semelhante a um dos nossos, tanto na aparência exterior de seus membros como na conformação interior de seus órgãos, sem o compor da matéria diferente daquela que eu tinha descrito, e sem colocar nele, inicialmente, nenhuma alma racional nem qualquer outra coisa para servir de alma vegetativa ou sensitiva, mas somente excitando em seu coração um daqueles fogos sem luz que eu já havia explicado e que eu não concebia de outra natureza senão a que aquece o feno quando é recolhido antes de seco, ou que faz ferver os vinhos novos quando os deixamos fermentar sobre os bagaços. Porque, examinando as funções que podiam em virtude disso existir neste corpo, nele eu encontrava exatamente todas as que podem existir em nós, sem que pensemos nisso, e sem que, por conseguinte, nossa alma, isto é, essa parte distinta do corpo, cuja natureza, como acima ficou dito, se limita a pensar, contribua para isso, e que são exatamente as mesmas, razão pela qual se pode dizer que os animais irracionais se nos assemelham, sem que, por isso, eu pudesse neles encontrar alguma daquelas que, por dependerem do pensamento, são as únicas que nos pertencem na condição de homens, ao passo que as encontrava todas, ao admitir que Deus havia criado uma alma racional juntando-a a esse corpo mais ou menos pela maneira como eu a descrevi.

Mas, a fim de que se possa compreender a maneira pela qual eu tratava essa matéria, desejo colocar aqui a explicação do movimento do coração e das artérias, o qual, por ser o primeiro e o mais geral observado nos animais, possibilitará facilmente o que por ele se deva pensar de todos os demais.

E para que se tenha menor dificuldade para entender o que direi sobre essa matéria, eu desejaria que os não-versados em anatomia se dessem ao trabalho, antes de ler isto, de fazer dissecar à sua frente o coração de algum grande animal que possua pulmões, pois, ele é em tudo bastante igual ao coração do homem, e fizessem mostrar as duas câmaras ou concavidades que nele existem. Primeiramente, a que está do lado direito, à qual correspondem dois vasos muitos grossos, a saber, a veia cava, que é o principal receptáculo do sangue e é como o tronco de uma árvore, da qual são galhos todas as outras veias do corpo, e a veia arterial, assim inexatamente denominada, porque na verdade é uma artéria que, originando-se no coração, ao sair dele se divide em diversos ramos que vão se espalhando em todas as direções, nos pulmões. Depois, a que está em seu lado esquerdo, a que correspondem da mesma maneira dois vasos que são tanto ou mais grossos que os precedentes, isto é, a artéria venosa, também assim impropriamente chamada, pois não é outra coisa senão uma veia, que vem dos pulmões, onde se divide em diversos ramos entrelaçados com os da veia arterial, e os do conduto que se chama traquéia, por onde entra o ar da respiração, e a grande artéria, que saindo do coração, lança suas ramificações por todo o corpo. Desejaria também que lhes fossem mostradas cuidadosamente as onze películas[1] que, como outras tantas pequenas portas, abrem e fecham as quatro aberturas existentes nestas duas cavidades, ou seja, três na entrada da veia cava, onde se acham de tal modo dispostas que não podem, de maneira alguma, impedir que o sangue nela contido corra para a concavidade direita do coração e, ao mesmo tempo, o impedem completamente de sair dali; três à entrada da veia arterial, que estando dispostas

[1] Pequenas válvulas.

inteiramente ao contrário, permitem facilmente que o sangue existente nesta concavidade passe para os pulmões, mas não ao que está nos pulmões que para ali retorne, e assim, duas outras à entrada da artéria venosa que permitem o sangue escoar dos pulmões para a concavidade esquerda do coração, mas que se opõem a seu retorno; e três, à entrada da grande artéria, que lhe permitem sair do coração, mas o impedem de a ele voltar. E não é necessário procurar outra razão para o número destas válvulas, senão que a abertura da artéria venosa sendo oval, em virtude do lugar em que se encontra, pode ser comodamente fechada com duas, ao passo que as outras aberturas, sendo redondas, o podem ser melhor com três. Ademais, desejaria que se lhes fizesse considerar que a grande artéria e a veia arterial são de uma composição muito mais dura e mais firme que a artéria venosa e a veia cava e que estas duas últimas se alargam antes de entrar no coração e aí funcionam como duas bolsas, chamadas "orelhas do coração"[2], que são compostas de uma carne semelhante à sua; e que há sempre mais calor no coração que em qualquer outra parte do corpo; e, enfim, que este calor é capaz de fazer com que, se alguma gota de sangue entra em suas cavidades, ela se infla imediatamente e se dilata tal como ocorre geralmente com todos os líquidos quando os deixamos cair gota a gota numa vasilha que esteja muito quente.

Depois disto, nada mais preciso dizer para explicar o movimento do coração, a não ser que quando suas concavidades não estão cheias de sangue, ele flui necessariamente da veia cava para a direita e da artéria venosa para a esquerda, porque estes dois vasos estão sempre cheios, e as suas aberturas, voltadas para o coração, não podem então estar fecha-

[2] Em português temos o nome exato, "aurículas", que é a palavra elegantemente usada na tradução de F. E. Sutcliffe para o inglês.

das; mas logo que entram duas gotas de sangue, uma em cada uma de suas cavidades, estas gotas, que não podem deixar de ser muito grossas porque as aberturas por onde elas entram são muito largas e os vasos de onde vêm estão muito cheios de sangue, se rarefazem e se dilatam por causa do calor que ali encontram; por esse processo, fazendo inflar todo o coração, empurram e fecham as cinco pequenas portas que estão nas entradas dos dois vasos de onde vêm, impedindo assim que desça mais sangue para o coração, e, continuando a se rarefazer cada vez mais, elas empurram e abrem as seis outras pequenas portas que se encontram nas entradas dos dois outros vasos, por onde saem, fazendo inflar deste modo todos os ramos da veia arterial e da grande artéria quase no mesmo instante que o coração, o qual imediatamente após se desinfla, como fazem também essas artérias, porque o sangue que ali entrou se esfria e as suas seis pequenas portas tornam a fechar-se e as cinco da veia cava e da artéria venosa se reabrem, dando passagem a duas outras gotas de sangue que novamente fazem inflar o coração e as artérias, exatamente como as precedentes. E porque o sangue, que entra assim no coração, passa por estas duas bolsas chamadas suas aurículas, verifica-se que o movimento destas é contrário ao dele e que elas desinflam quando ele infla.

De resto, para que os desconhecedores da força das demonstrações matemáticas e que não estão acostumados a distinguir as razões verdadeiras das simplesmente verossímeis, não ousem negar isto sem exame, quero adverti-los de que este movimento, que acabo de explicar, resulta tão necessariamente apenas da mera disposição dos órgãos que podem ser vistos a olho nu no coração e do calor que ali se pode sentir com os dedos, assim como da natureza do sangue que se pode conhecer por experiência, como acontece com o (movimento) de um relógio, que resulta da força, da situação e da forma de seus contrapesos e de suas rodas.

Mas se se pergunta como o sangue das veias não se esgota passando assim continuamente pelo coração e por que as artérias não se enchem demais, uma vez que todo o sangue que passa pelo coração a elas se dirige, não preciso responder outra coisa senão o que já foi escrito por um médico da Inglaterra[3], ao qual devemos louvar por haver rompido o gelo nesse campo, e por ter sido o primeiro a ensinar que existem diversas pequenas passagens nas extremidades das artérias, por onde o sangue por elas recebido do coração entra nas pequenas ramificações das veias, de onde ele vai retornar novamente ao coração, de sorte que seu curso nada mais é que uma circulação perpétua.

Ele prova muito bem isto pela prática habitual dos cirurgiões, que, atando suavemente o braço acima do lugar em que abrem a veia, fazem com que o sangue verta mais abundantemente do que se o não tivessem prendido. Sucederia precisamente o contrário se eles o prendessem abaixo, entre a mão e o corte, ou então que o ligassem fortemente acima, porque é evidente que o laço levemente apertado, podendo impedir que o sangue que já está no braço volte para o coração pelas veias, não impede por isso que pelo mesmo lugar ele venha sempre, novamente, pelas artérias, porque elas estão situadas abaixo das veias e porque as membranas que as contêm, sendo mais duras, são menos fáceis de ser apertadas e também porque o sangue que vem do coração tende, com mais força, a passar por elas até a mão, do que daí retornar ao coração pelas veias. E como este sangue sai do braço pela abertura situada em uma das veias, devem necessariamente existir aí algumas passagens abaixo da atadura, isto é, até a

[3] William Harvey, médico inglês, nascido em 1578 e falecido em 1657. Descobriu e demonstrou a circulação do sangue, que foi violentamente contestada inicialmente, mas acabou sendo reconhecida universalmente quase no fim da vida do cientista.

extremidade do braço, por onde ele possa vir das artérias. Ele aprova também suficientemente o que diz sobre a circulação do sangue, por certas películas dispostas de tal modo em diversos lugares ao longo das veias, que não lhe permitem passar do meio do corpo para as extremidades, mas somente voltar das extremidades para o coração, e, além disso, com a experiência que mostra que todo o sangue existente no corpo pode sair dele em muito pouco tempo por uma única artéria, quando esta é cortada, ainda mesmo que esteja fortemente atada muito perto do coração, e cortada entre ele e a atadura, de sorte que não haja nenhum motivo para imaginar que o sangue que daí saísse viesse de outra parte.

Mas há muitas outras coisas evidenciando que a verdadeira causa do movimento do sangue é aquela que eu apontei. Como, primeiramente, a diferença que se nota entre o sangue que sai das veias e o que sai das artérias só pode proceder de que, tendo-se rarefeito e como que destilado ao passar pelo coração, ele é mais fino, mais vivo e mais quente logo depois de ter passado por ele, e ainda estando nas artérias, do que pouco antes de nele entrar, ou seja, quando ainda estava nas veias. Observando-se isso, percebe-se que essa diferença só aparece bem junto do coração e não tanto nos lugares que dele são mais afastados. Por isso, a rigidez das películas de que a veia arterial e a grande artéria são compostas, mostra bem que o sangue bate contra elas com mais força do que contra as veias. E por que motivo a cavidade esquerda do coração e a grande artéria seriam mais amplas e mais largas que a cavidade direita e a veia arterial, se não porque o sangue da artéria venosa, só tendo estado nos pulmões depois de ter passado pelo coração, é mais tênue e se dilata mais forte e facilmente que aquele que vem imediatamente da veia cava?

E que podem os médicos perceber ao apalpar o pulso, se não souberem que, conforme o sangue muda de natureza, ele pode ser rarefeito pelo calor do coração mais ou menos fortemente e mais ou menos rápido que antes? E se se observar como este calor se comunica aos outros membros, não é preciso confessar que é por meio do sangue, que, passando pelo coração, se reaquece e daí se espalha por todo o corpo, o que evidencia que se se retirar o sangue de qualquer parte, dela também se elimina o calor, e ainda que o coração fosse tão ardente quanto um ferro em brasa, ele não seria o suficiente para aquecer os pés e as mãos tanto quanto ele o faz, se para essas partes ele não enviasse continuamente sangue novo.

Pois é também desse fato que se aprende que a verdadeira utilidade da respiração é levar bastante ar puro para o pulmão, para fazer com que o sangue vindo da cavidade direita do coração, onde foi rarefeito e como que transformado em vapores, se condense e se converta novamente em sangue, antes de cair na concavidade esquerda, sem o que não poderia estar em condições de servir de alimento ao fogo ali existente. Isso é confirmado quando se vê que os animais que não possuem pulmões só têm uma única concavidade no coração, e que as crianças, que não podem utilizá-los enquanto estão encerradas no ventre materno, possuem uma abertura por onde flui o sangue da veia cava para a concavidade esquerda do coração, e um conduto por onde ele vem da veia arterial para a grande artéria sem passar pelo pulmão. Igualmente, como se faria a digestão no estômago se o coração não enviasse para ali o calor pelas artérias e com ele, algumas das partes mais fluidas do sangue, as quais ajudam a dissolver os alimentos ali existentes? E a ação que converte o suco desses alimentos em sangue, não é fácil conhecê-la se considerarmos que ele se destila passando e repassando pelo coração talvez mais de cem ou duzentas vezes por dia? E será preciso outra coisa para explicar a nutrição e a produção de diversos líquidos existentes no corpo, senão dizer que a força com que o sangue, ao se rarefazer, passa do coração para as extremidades das artérias, faz com que algumas de suas partes parem entre as dos membros onde elas se encontram e aí tomem o lugar de algumas outras que aquelas expulsam e que, segundo a situação, a forma ou a pequenez dos poros que encontram, umas de preferência a outras, se dirigem para determinados lugares, da mesma maneira pela qual qualquer um pode observar que diversos crivos, sendo furados com furos de diversos tamanhos, servem para separar grãos diferentes uns dos outros?

E enfim, o que há de mais notável em tudo isto, é a geração dos espíritos animais[4], que são como um vento muito sutil ou, melhor, como uma chama muito pura e muito viva, que, subindo continuamente em grande quantidade do coração para o cérebro, daí se dirige, através dos nervos aos músculos e dá o movimento a todos os membros, sem que seja necessário imaginar outra coisa que faça com que as partes do sangue que, sendo as mais agitadas e mais penetrantes, sejam também as mais adequadas para compor esses espíritos e se dirijam antes para o cérebro do que para outras partes, a não ser que as artérias, que para ali as conduzem, são as que vêm do coração em linha mais reta do que nenhuma outra e, segundo as regras da mecânica, que são as mesmas da natureza, quando várias coisas tendem conjuntamente a mover-se para um mesmo lado, onde não há lugar bastante para todas, como ocorre com as partes do sangue que caem da concavidade esquerda do coração e tendem para o cérebro, as mais fracas e menos

[4] Descartes esclarece, na primeira parte de sua obra *Les Passions de L'Âme,* que "espíritos animais" são corpos compostos de "partes do sangue muito delicadas" e que "não precisam por isso de receber nenhuma transformação no cérebro, limitando-se a serem separadas das outras partes do sangue menos sutis". E acrescenta: "porque o que eu chamo aqui por espíritos são apenas corpos que não têm outra propriedade senão a de serem corpos muito pequenos e se moverem com extrema rapidez, tal como as partes da chama de uma vela". (*Les Passions de L'Âme*, primeira parte.)

agitadas devem ser desviadas pelas mais fortes, as quais, por esse meio, ali vão chegar sozinhas.

Eu havia explicado muito minuciosamente todas essas coisas no tratado que antes tive o desejo de publicar. E em seguida mostrara qual deve ser a estrutura dos nervos e dos músculos do corpo humano para fazer com que os espíritos animais, existentes em seu interior, tenham força para mover os seus membros, tal como acontece com as cabeças pouco depois de cortadas, que ainda se movem e mordem a terra, apesar de não serem mais animadas; quais as alterações que se devem fazer no cérebro para causar a vigília, o sono e os sonhos; como a luz, os sons, os odores, os sabores, o calor e todas as outras qualidades dos objetos exteriores podem nele imprimir diversas idéias por intermédio dos sentidos; como a fome, a sede e as outras paixões interiores a ele podem também enviar as suas próprias idéias; o que deve ser ali apreendido pelo senso comum, onde essas idéias são recebidas; pela memória, que as conserva, e pela imaginação, que pode transformá-las e com elas compor novas, e por este mesmo modo, distribuindo os espíritos animais pelos músculos, fazer mover os membros desse corpo de tantas maneiras diferentes, tanto a propósito dos objetos que se apresentam aos seus sentidos e das paixões interiores que nele existem, como nossos corpos se movimentam sem que a vontade os conduza. Isso de maneira nenhuma parecerá estranho àqueles que, por saberem quantos diversificados autômatos ou instrumentos móveis podem ser produzidos pela engenhosidade dos homens, nisso empregando poucas peças em comparação com grande quantidade de ossos, músculos, nervos, artérias, veias, e todas as outras partes existentes no corpo de cada animal, considerarão esse corpo como uma máquina que, tendo sido feita pelas mãos de Deus, é incomparavelmente mais ordenada e tem em si movimentos mais admiráveis que qualquer uma das que podem ser inventadas pelo homens.

Nesse ponto, propositadamente me detive para salientar que se existissem tais máquinas, com os órgãos e o aspecto exterior de um macaco ou de qualquer outro animal irracional, não teríamos meio algum para reconhecer que elas não tivessem em tudo a mesma natureza desses animais, ao passo que, se existissem outras assemelhadas aos nossos corpos e imitassem nossas ações tanto quanto moralmente isso fosse possível, nós teríamos sempre dois meios muito certos para perceber que de nenhum modo elas seriam, só por isso, homens verdadeiros. O primeiro consistiria em notar que nunca elas poderiam utilizar palavras ou outros sinais, combinando-os, tal como fazemos para expressar aos outros nossos pensamentos, pois podemos perfeitamente conceber que uma máquina seja feita de tal modo que possa proferir palavras e até algumas a propósito de ações corporais que causem certa alteração em seus órgãos, tal como acontece quando, se a tocarmos em determinado lugar, a ela perguntarmos o que se lhe quer dizer, e, se em outro, ela grite que lhe estamos fazendo mal ou coisas semelhantes. Contudo, não concebemos que ela possa combiná-las diferentemente, para responder, com sentido, tudo o que se disser em sua presença, como até os homens mais broncos podem fazer. O segundo é que, embora elas façam muitas coisas tão bem ou talvez melhor que um de nós, certamente falham em outras, pelas quais se verifica que elas operam não em virtude do conhecimento, mas somente pela disposição de seus equipamentos. Isso porque, enquanto a razão é um instrumento universal capaz de servir em todas as circunstâncias, esses equipamentos dependem de alguma disposição especial para cada ação particular, do que concluímos que é logicamente impossível existirem tantos e tão diferentes em uma máquina para, em todas as ocorrências da vida, fazê-la agir do mesmo modo como agimos orientados por nossa razão.

Ora, por estes dois meios pode-se também conhecer a diferença existente entre os homens e os animais, pois é coisa facilmente perceptível que não existem homens tão embrutecidos e tão estúpidos, sem mesmo excetuar os insanos, que não sejam capazes de reunir diversas palavras, e com elas compor um discurso pelo qual façam exprimir seus pensamentos, enquanto que, ao contrário, não há outro animal, por mais perfeito e bem nascido que seja, que faça coisa semelhante. Isso acontece não por lhes faltarem órgãos, pois se vê que os pegas e os papagaios podem proferir palavras como nós, mas não podem falar como nós, mostrando que pensam sobre o que dizem, ao passo que os homens nascidos surdos e mudos são, tanto ou mais que os animais, privados dos órgãos que servem aos outros para falar, mas costumam inventar, eles mesmos, alguns sinais pelos quais se fazem compreender por aqueles com quem ordinariamente convivem e que tenham tempo para aprender sua linguagem. Isto prova não somente que os animais têm menos razão que os homens, mas que dela são completamente privados, embora pouco lhes falte para poder falar. E embora se verifique desigualdade entre os animais de uma mesma espécie assim como entre os homens, sendo uns mais fáceis de domesticar que os outros, não se compreende porque um macaco ou um papagaio, que seriam os mais perfeitos de sua espécie, nisto não se igualam a uma criança das mais estúpidas ou, pelo menos a uma criança que tenha o cérebro perturbado, se a alma deles não fosse de natureza completamente diferente da nossa. E não se devem confundir as palavras com os movimentos naturais que revelam as paixões, e podem ser imitados pelas máquinas tão bem como pelos animais, nem pensar, como alguns antigos, que os animais falam embora não entendamos a sua linguagem. Porque se isso fosse verdade, dado que eles possuem diversos órgãos correspondentes aos nossos, eles poderiam fazer-se compreender tanto por nós como por seus semelhantes.

É também um fato evidente que, embora existam muitos animais que ostentam mais habilidade que nós em algumas de suas ações, vê-se, contudo, que eles não a revelam em muitas outras, motivo pelo qual o que fazem melhor do que nós não prova que tenham espírito, porque se aquela habilidade contasse, eles a teriam mais do que qualquer de nós e agiriam melhor que nós em todas as outras circunstâncias. Ao contrário, isso prova que eles não têm espírito e que é a natureza que neles age segundo a disposição de seus órgãos, tal como acontece com um relógio, que sendo composto apenas de cordas e molas, pode contar as horas e medir o tempo mais exatamente do que nós com toda a nossa inteligência.

Depois disso, eu descrevi a alma racional e mostrei que ela não pode de forma alguma ter tido origem no poder da matéria, como as outras coisas de que já havia falado, mas que deve ter sido especificamente criada e que não basta que esteja alojada no corpo humano, como um piloto em seu navio, apenas talvez para mover seus membros, mas que ela precisa estar junta e unida mais intimamente com ele, para ter, além disso, sentimentos e apetites semelhantes aos nossos, e assim compor um verdadeiro homem.

Finalmente, estendi-me aqui um pouco sobre o objeto da alma, por ser dos mais importantes, porque após o erro dos que negam Deus e que penso haver eficazmente refutado, nenhum outro existe que mais afaste os espíritos fracos do caminho reto da virtude, do que imaginar que a alma dos animais seja da mesma natureza que a nossa e que, por conseqüência, nada temos a temer nem esperar depois desta vida, como acontece com as moscas e as formigas. Ao contrário, quando se sabe quanto elas diferem, compreende-se muito melhor as razões que provam que a nossa é de uma natureza inteiramente independente do corpo, e, por conseguinte, não está sujeita a morrer com ele. Enfim, porque não se percebem outras causas que a destruam, somos levados, naturalmente, a concluir por isso que ela é imortal.

SEXTA PARTE

Faz agora três anos que cheguei ao fim do tratado que contém todas estas coisas e começava a revê-lo a fim de pô-lo nas mãos de um impressor, quando soube que pessoas a quem respeito e cuja autoridade não exerce menos poder sobre minhas ações que minha própria razão sobre meus pensamentos, haviam desaprovado a opinião de outra pessoa[1] sobre Física, publicada pouco antes, e da qual não quero dizer que participasse, não obstante nela nada tivesse notado, antes de sua censura, que eu pudesse considerar como prejudicial à religião ou ao Estado, nem, por conseguinte, que me houvesse impedido de publicá-la, se disso a razão me houvesse persuadido. Isso me fez temer que igualmente se encontrasse entre as minhas alguma na qual eu me tivesse enganado, não obstante o grande cuidado que sempre tive de, em minha crença, não receber novas opiniões sem que sobre elas tivesse demonstrações bem certas, e de sobre elas nada escrever que pudesse importar em desvantagem para qualquer pessoa. Esse fato foi o suficiente para me obrigar a alterar a resolução de publicá-las. Porque, ainda que as razões pelas quais eu a tivesse tomado antes fossem muito fortes, minha inclinação, que sempre me fez desgostar do ofício de escrever livros, fez-me imediatamente encontrar muitas outras, para me escusar dessa pretensão. E estas razões, contra e a favor, são tais que, não somente tenho interesse em dizê-las aqui, como também o público provavelmente também o tenha em conhecê-las.

[1] Trata-se de Galileu, cuja obra sobre o movimento da Terra havia sido condenada pela Inquisição.

Nunca dei muita importância às coisas vindas de meu espírito e enquanto não colhi outros frutos do método de que me sirvo, exceto a satisfação relativamente a algumas dificuldades relacionadas com as ciências especulativas, e não obstante, tenha procurado regular meus costumes pelas razões que ele me ensinava, não me senti obrigado a escrever sobre ele alguma coisa. Porque, quanto aos costumes, cada qual exagera tão fortemente na sua maneira de sentir, que se poderiam encontrar tantos reformadores quantas cabeças, caso fosse permitida a outros a iniciativa de os reformar e não somente àqueles a quem Deus estabeleceu por soberanos sobre seus povos, como também aos que ele concedeu bastante graça e zelo para ser profetas. E embora minhas especulações me agradassem muito, acreditei que os outros também tinham as que lhes agradassem talvez mais. Mas, logo que adquiri algumas noções gerais em relação à Física, e tendo começado a experimentá-las em diversas dificuldades particulares, observei até onde elas podem levar e quanto diferem dos princípios utilizados até o presente. E acreditei que não poderia mantê-las ocultas sem pecar gravemente contra a lei que nos obriga a procurar, tanto quanto de nós depender, o bem geral de todos os homens, porque elas me fizeram ver que é possível alcançar conhecimentos muito úteis à vida e que, em lugar desta filosofia especulativa ensinada nas escolas, pode-se encontrar uma prática pela qual, desde que se conheça a força e as ações do fogo, da água, do ar, dos astros, dos céus e de todos os outros corpos que nos cercam, tão distintamente quanto conhecemos os diversos ofícios de nossos artífices, nós poderíamos aplicá-las igualmente a todos os usos a que se destinam e assim nos tornamos mestres e possuidores da natureza.

Isso não é somente desejável pela descoberta de uma infinidade de artifícios que nos ensejariam gozar, sem nenhuma dificuldade, dos frutos da terra e de todas as comodidades que nela se encontram, mas, principalmente, também para a conservação da saúde, que é, sem dúvida, o primeiro bem e o fundamento de todos os outros bens desta vida, uma vez que até o espírito depende tão decisivamente do temperamento e da disposição dos órgãos corporais, que, se for possível encontrar algum meio que torne habitualmente os homens mais sábios e mais hábeis do que foram até agora, creio que é na Medicina que esse meio deve ser procurado.

É verdade que a atualmente praticada contém pouca coisa cuja utilidade mereça destaque. Contudo, sem que tenha o propósito de menosprezá-la, certo de que ninguém há, mesmo entre os que dela fazem profissão, que não reconheça que tudo o que dela se sabe, é quase nada em comparação com o que resta saber e que poderia ser evitada uma infinidade de moléstias tanto do corpo como o espírito e talvez até a debilidade da velhice, se tivéssemos suficiente conhecimento sobre suas causas e sobre todos os remédios que a natureza nos oferece. Por isso, desejando dedicar toda minha vida à procura de uma ciência tão necessária e tendo achado um caminho que, se acertadamente utilizado, infalivelmente nos levará a encontrá-la, salvo se formos impedidos pela brevidade da vida ou pela falha nas experiências, eu julguei que não havia melhor remédio contra esses dois impedimentos, que comunicar fielmente ao público todo o pouco que eu encontrara e estimular os bons espíritos a se comprometer a avançar além, contribuindo cada um na medida de sua inclinação e suas possibilidades, para as experiências que precisassem ser feitas, e comunicando também ao público todas as coisas que aprendessem, a fim de que os últimos, começando onde os precedentes tivessem terminado e assim, somando-se as vidas e os trabalhos de muitos, fôssemos todos juntos muito mais longe do que cada um isoladamente poderia ir.

Observei mesmo, no tocante às experiências, que elas são tanto mais necessárias quanto mais se é avançado em conhecimento, pois de início convém mais se servir somente daquelas que se apresentam por si mesmas aos nossos sentidos e que não podemos ignorar, desde que sobre elas reflitamos ainda que ligeiramente, do que procurar outras mais raras e mais sofisticadas, pela razão de que as mais raras muitas vezes nos enganam quando não se conhecem ainda as causas as mais comuns, pois as circunstâncias de que elas dependem são quase sempre tão particulares e tão pequenas que se torna muito difícil observá-las. Foi a seguinte a ordem que segui na busca desse objetivo. Primeiramente procurei encontrar, em geral, os princípios ou primeiras causas de tudo o que existe ou pode existir no mundo, sem considerar para isso nada além de Deus, que o criou, e sem deduzi-las de outra fonte senão de certas sementes de verdade que existem naturalmente em nossas almas. Depois, examinei quais eram os primeiros e mais comuns efeitos que se poderiam deduzir destas causas. E parece-me que por aí encontrei os céus, os astros, uma terra, e ainda sobre a terra a água, o ar, o fogo, os minerais e algumas outras coisas que são as mais comuns e as mais simples de todas e, por conseqüência, as mais fáceis de se conhecerem. Em seguida, quando quis descer às que eram mais particulares, estas se me apresentaram tão diversas, que não acreditei fosse possível ao espírito humano distinguir as formas ou espécies de corpos existentes sobre a Terra, de uma infinidade de outros que poderiam existir, se tivesse sido vontade de Deus de ali as colocar, nem, por conseqüência, adaptá-las à nossa utilização, a não ser se anteciparmos as causas pelos seus efeitos e se nos servirmos de diversas experiências particulares.

Em seguida, concentrando minha atenção sobre todos os objetos que sempre se apresentaram aos meus sentidos, ouso dizer seguramente que neles nada encontrei insuscetível de ser muito comodamente explicado pelos princípios que havia encontrado. Mas, é preciso que eu confesse também que o poder da natureza é tão amplo e tão vasto, e que esses princípios são tão simples e tão gerais, que não noto quase mais nenhum efeito particular que desde logo sinta não poder ser deduzido de diversas maneiras, e que minha maior dificuldade consiste geralmente em encontrar, entre essas maneiras, aquela de que ele pode ser deduzido. Porque para isso não conheço qualquer outro expediente senão tentar logo algumas experiências, cujo resultado varia segundo a maneira pela qual são realizadas, de forma que realizada uma, por uma maneira, o resultado difere daquele alcançado por outra. Enfim, agora me encontro em uma situação da qual me parece poder ver muito bem qual o rumo que se deve tomar para fazer a maior parte daquelas que podem servir para este fim. Mas vejo também que elas são tais e tão numerosas que nem minhas mãos, nem minhas rendas, ainda que eu tivesse mil vezes mais do que tenho, bastariam para todas. De maneira que conforme eu tiver doravante a possibilidade de fazê-las com maior ou menor freqüência, eu progredirei também em maior ou menor extensão no conhecimento da natureza. Isso era o que eu prometi revelar pelo tratado que havia escrito, mostrando tão claramente a utilidade que o púbico pode receber dele, a ponto de obrigar a todos aqueles que desejam em geral o bem dos homens – isto é, todos os que são realmente virtuosos e não os de falsa aparência ou só em palavras – tanto a me comunicar as que já haviam feito, como a me ajudar na procura das que restam por fazer.

Mas eu tive depois outras razões que me fizeram mudar de opinião e pensar que devia verdadeiramente continuar a escrever todas as coisas que julgasse de alguma importância, à medida que nelas descobrisse a verdade e a isto dedicar o mesmo cuidado que teria se quisesse imprimi-las, não só porque teria ocasião de examiná-las melhor, mas também porque na verdade sempre se vê com mais cuidado o que deve ser também visto por outras pessoas, do que aquilo que é destinado somente a nós mesmos (e muitas vezes as coisas que me pareciam verdadeiras quando comecei a concebê-las, me pareceram falsas quando quis pô-las no papel). Enfim, não quero perder nenhuma ocasião de proporcionar algum proveito ao público, se sou capaz disso. E se meus escritos valem alguma coisa, aqueles que os puderem utilizar após a minha morte que o façam como lhes parecer melhor. Mas eu não deveria consentir, de modo algum, que fossem publicados durante a minha vida, a fim de que as oposições e controvérsias a que talvez ficassem sujeitos, ou mesmo a reputação que poderiam me dar, não me deram ocasião de perder o tempo que desejo empregar em me instruir.

Porque, embora seja verdade que todo homem é obrigado a procurar tanto quanto dele depende o bem dos outros, pois não ser útil a ninguém é o mesmo que nada valer, também é verdade que nossas preocupações devem estender-se além do tempo presente e que é bom omitir as coisas que trariam talvez algum proveito aos que vivem, quando se pretende fazer outras capazes de proporcionar proveitos maiores aos nossos descendentes. Com efeito, faço questão que se saiba que o pouco que aprendi até aqui é quase nada em comparação com o que ignoro e que ainda espero poder aprender, porque os que descobrem pouco a pouco a verdade nas ciências são como os que, começando a se tornar ricos, têm menos preocupação em fazer grandes aquisições do que tiveram antes, quando, sendo mais pobres, tiveram ao fazê-las bem menores. Ou, melhor, podemos compará-los aos chefes do exércitos, cujas forças costumam aumentar na proporção de suas vitórias e que precisam de maior prudência para se manter após a perda de uma batalha, do que precisam ter, após tê-la vencido, na tomada das cidades e das províncias. Porque é realmente travar batalhas o tentar vencer todas as dificuldades e os erros que nos impedem de chegar ao conhecimento da verdade e é perder uma o receber alguma falsa opinião sobre matéria um tanto geral e importante. É preciso ter depois muito mais habilidade para voltar ao mesmo estado anterior, do que para fazer grandes progressos quando já se têm princípios seguros.

Para mim, se até agora encontrei algumas verdades nas ciências (e espero que as coisas constantes deste livro permitirão julgar que encontrei algumas), posso dizer que elas constituem conseqüências e decorrências de cinco ou seis principais dificuldades que transpus, e que considero como tantas batalhas nas quais tive a sorte de meu lado.

Eu não hesito mesmo em dizer que julgo precisar ganhar apenas duas ou três iguais para atingir completamente o fim dos meus desígnios e que minha idade não é tão avançada que, segundo o curso normal da natureza, eu não possa ter ainda tempo suficiente para essa tarefa. Mas, creio ser tanto mais obrigado a bem aproveitar o tempo que me resta, quanto mais tenho esperança de poder empregá-lo bem. E, sem dúvida, eu teria várias ocasiões de perdê-lo, se publicasse os fundamentos de minha física, porque, embora sejam eles quase todos tão evidentes, que basta entendê-los para neles acreditar, e todavia, porque é impossível estejam eles de acordo com todas as diversas opiniões dos outros homens, prevejo que eu seria freqüentemente desviado de meu plano pelas oposições que eles suscitariam.

Pode-se dizer que estas oposições seriam úteis, tanto por fazer-me conhecer minhas faltas, como para que, se eu tivesse alguma coisa de bom, os outros pudessem ter dela melhor entendimento, e também porque, como várias pessoas podem ver mais que uma só, começando desde já a servir-se daquela parte boa, me ajudariam também com suas invenções. Mas ainda que eu me conheça extremamente sujeito a falhar, e ainda que jamais eu confie nos primeiros pensamentos que me ocorrem, todavia a experiência que tenho das objeções que me podem fazer, impede-me de esperar delas qualquer proveito. Realmente, muitas vezes já coloquei à prova os julgamentos tanto dos que tive por meus amigos quanto de alguns outros a quem pensava ser indiferente, e até mesmo de alguns de quem sabia que, por maldade ou inveja, forçariam muito em descobrir o que a afeição ocultaria aos meus amigos. Mas, raramente aconteceu que alguém me tenha contestado alguma coisa sem que eu não o tivesse previsto, a não ser que ela estivesse muito afastada de meu tema. Por esse motivo, quase nunca encontrei algum censor de minhas opiniões que não me parecesse menos rigoroso ou menos tolerante do que eu mesmo. Igualmente, jamais notei que, por meio dos debates que se praticam nas escolas, se tenha descoberto alguma verdade ignorada antes, uma vez que, enquanto cada um se esforça por vencer, insiste-se muito mais em fazer valer a verossimilhança do que em pesar as razões de um lado ou de outro, e os que foram muito tempo bons advogados, não são depois, por isso, melhores juízes.

Pela utilidade que os outros receberiam da comunicação dos meus pensamentos, ela não poderia também ser muito grande porque ainda não os conduzi tão longe que se torne dispensável juntar a eles muitas coisas, antes de poderem ser utilizados. Penso poder dizer sem vaidade, que se há alguém que seja capaz disso, esse alguém deve ser eu antes que qualquer outro. Não que não possa haver no mundo muitos espíritos incomparavelmente melhores que o meu, mas porque nunca podemos conceber tão bem uma coisa e torná-la nossa quando ela nos é revelada por outro, do que quando ela é descoberta por nós mesmos.

Isso é tão verdadeiro nesta matéria que, embora eu tenha muitas vezes exposto algumas de minhas opiniões a pessoas de muito bom espírito e que, enquanto eu lhes falava, pareciam entendê-las muito claramente, todavia quando elas as repetiram, eu notava que quase sempre as alteravam de tal maneira que eu não podia mais reconhecê-las como sendo minhas. Aproveito a ocasião e sinto-me à vontade para rogar aos pósteros para que não acreditem nunca que as coisas que lhes forem ditas vêm de mim, senão quando eu mesmo as tiver divulgado. De forma alguma, não me surpreendo pelas extravagâncias atribuídas a todos os antigos filósofos, cujos escritos não possuímos, nem julgo por isso que seus pensamentos tenham sido muito insensatos, visto que eram os melhores espíritos de seu tempo, mas somente que nos foram mal expostos. Nota-se isso pelo de que nunca nenhum de seus seguidores os ultrapassou. Estou convencido de que os mais apaixonados dentre os que seguem agora Aristóteles, julgar-se-iam felizes se tivessem tanto conhecimento da natureza quanto ele, ainda mesmo que sob a condição de nunca terem mais. São como a trepadeira, nunca tende a subir mais alto que as árvores que a sustêm, e mesmo muitas vezes desce depois de chegar até a sua copa. Porque me parece também que aqueles regridem, isto é, tornam-se de alguma forma menos sábios do que se se abstivessem de estudar, e que, não contentes de saber tudo o que é inteligivelmente explicado em seu autor, querem, além disso, nele encontrar a solução de várias dificuldades das quais ele nada dissera, e nas quais ele talvez nunca havia pensado.

Todavia, sua maneira de filosofar é muito cômoda para aqueles que têm apenas espíritos muito medíocres, pois a obscuridade das distinções e dos princípios de que se servem é o motivo pelo qual eles podem falar sobre todas as coisas tão corajosamente como se as soubessem e sustentar tudo o que dizem contra os mais sutis e os mais hábeis, sem que se tenha meio de convencê-los. Nisso, eles me parecem semelhantes a um cego que, para se bater sem desvantagem contra um vidente, o colocasse no fundo de uma caverna bem obscura. Posso afirmar que estes têm interesse em que eu me abstenha de publicar os princípios da filosofia de que me sirvo, pois sendo eles muito simples e muito evidentes, eu faria, ao publicá-los, quase o mesmo que abrir algumas janelas e deixar entrar claridade na caverna onde eles desceram para se bater.

Mas mesmo os melhores espíritos não têm ocasião de desejar conhecê-los, porque se pretendem saber falar de todas as coisas e adquirir a reputação de ser doutos, eles alcançarão esse objetivo mais facilmente, contentando-se com a verossimilhança, que pode ser encontrada sem grande dificuldade em todas as matérias, do que procurando a verdade, que não se descobre senão pouco a pouco, em algumas delas e que, quando se trata de falar das outras, obriga a confessar francamente que se as ignora. E se eles preferem o conhecimento limitado da verdade à vaidade de parecer que nada ignoram, como, sem dúvida, é bem preferível, e querem seguir um plano semelhante ao meu, não têm necessidades, para isso, que eu lhes diga nada além do que já disse neste discurso. De fato, se eles são capazes de avançar além do ponto a que cheguei, eles serão também, com maior razão, capazes de encontrar por si mesmos tudo o que penso ter encontrado, tanto mais que, tendo examinado tudo ordenadamente, na verdade o que ainda me resta a descobrir é, em si, mais difícil e mais remoto do que aquilo que pude encontrar antes e que eles teriam muito menor prazer em aprender de mim do que por eles mesmos. Por outro lado, o hábito que adquirirão procurando primeiramente as coisas fáceis passando pouco a pouco, gradativamente, a outras mais difíceis, lhes servirá mais do que poderiam fazê-lo todas minhas instruções. Quanto a mim, eu me persuadi de que se desde minha infância alguém me tivesse ensinado todas as verdades de que procurei depois as demonstrações e que se não tivesse tido nenhuma dificuldade em aprendê-las, jamais eu teria sabido algumas outras, ou, pelo menos, jamais eu teria adquirido o hábito e a facilidade que penso ter tido para encontrar outras novas, à medida que me aplique em procurá-las. Em uma palavra, se há no mundo alguma obra que não possa ser tão bem terminada por alguém senão por aquele mesmo que a começou essa obra é aquela em que eu trabalho.

É verdade que relativamente às experiências que para isso podem servir, um homem sozinho não conseguiria fazê-las todas. Mas ele não saberia também empregar utilmente outras mãos que as suas, senão as de artesãos ou pessoas a quem ele pudesse pagar e a quem a esperança do ganho, que é um estímulo muito eficaz, faria executar exatamente todas as coisas que ele lhes ordenasse. Porque, quanto aos voluntários, que, por curiosidade ou por desejo de aprender, se oferecessem talvez para ajudá-lo, além de usualmente fazerem mais promessas do que trabalho, e de apresentarem apenas belas proposições das quais nenhuma costuma dar certo, eles gostariam infalivelmente de ser pagos pela explicação de algumas dificuldades ou, pelo menos, por cumprimentos e conversações inúteis, que lhe poderiam custar tempo não tão pouco que fosse indiferente perdê-lo. Quanto às experiências que os outros já fizeram, ainda mesmo que desejassem comunicá-las (o que jamais seria feito por aqueles que as consideram secretas) elas são na maioria compostas de tantas circunstâncias ou de ingredientes supérfluos, que ser-lhes-ia muito difícil extrair delas a verdade. Além disso, ele as encontraria quase todas tão mal explicadas ou mesmo tão falsas, porque os que as fizeram se esforçaram para que elas se parecessem conforme seus princípios, que se algumas houvesse que lhe servissem, bem poderia acontecer que não valessem sequer o tempo necessário para serem escolhidas.

Portanto, se houvesse no mundo alguém seguramente considerado capaz de encontrar as maiores coisas e as que pudessem ser mais úteis ao público e, por esse motivo, os outros homens se esforçassem por todos os meios para auxiliá-lo a alcançar seu objetivo, não vejo como pudessem fazer melhor coisa para ele, senão contribuir para as despesas com as experiências de que ele necessitasse, e, por fim, impedir que seu tempo fosse desviado por algum importuno. Mas além de não pretender tanto de mim mesmo, senão nada querer prometer de extraordinário, nem me iludir com pensamentos tão vãos como imaginar que o público se deva interessar muito por meus planos, não tenho a alma tão baixa a ponto de querer aceitar de quem quer que seja qualquer favor de que alguém não me julgasse merecedor.

Todas estas considerações reunidas foram a causa pela qual há três anos eu não quis divulgar o tratado que tinha em mãos e até mesmo tomado a resolução de não publicar nenhum outro durante minha vida, que fosse tão geral, nem pelo qual se pudessem inferir os fundamentos da minha física. Mas houve depois duas outras razões que me obrigaram a revelar aqui alguns ensaios particulares[2] e a explicar ao público algumas de minhas ações e de minhas idéias.

A primeira é que se eu falhasse nisso, muitos dos que tinham sabido da intenção que tive antes de mandar imprimir alguns escritos, poderiam imaginar que as causas pelas quais me abstinha de fazê-lo seriam, mais do que realmente eram, danosas para mim. Porque, embora eu não preze excessivamente a glória, ou mesmo (eu ouso dizê-lo) a despreze à medida que a julgo contrária a meu sossego, que eu adoro sobre todas as coisas, todavia, também nunca procurei ocultar minhas ações como se fossem crimes, nem usei de muitas precauções para ser desconhecido, tanto porque acreditava me prejudicar, como porque isso me daria alguma espécie de inquietação, em princípio contrária à perfeita paz de espírito, que eu procuro. E porque, mantendo-me sempre assim indiferente entre a preocupação de ser conhecido e a de não o ser, não consegui impedir que adquirisse alguma reputação, pensei que devia fazer o possível para, pelo menos, evitar

[2] Trata-se de *La Dioptrique, Metéores e Géométrie.*

que a tivesse má. A outra razão que me obrigou a escrever isso é que, vendo todos os dias e cada vez mais o atraso que sofre a intenção que tenho de me instruir, por causa de uma infinidade de experiências de que preciso e que é impossível fazer sem auxílio de outros, se bem que não me engane tanto em esperar que o público participe muito dos objetivos que me interessam, todavia, não quero também faltar tanto a mim mesmo, dando motivo aos que me sobreviverão, de me reprovar algum dia por ter podido lhes deixar muitas coisas bem melhores do que as que fiz, se não tivesse negligenciado em fazê-los conhecer aquilo em que poderiam contribuir para os meus objetivos.

E pensei que me seria fácil escolher algumas matérias que, sem estar sujeitas a muitas controvérsias e sem me obrigarem a revelar meus princípios mais do que desejasse, não deixariam de mostrar claramente o que posso, ou não posso, nas ciências.

Não saberia dizer se nesse ponto fui bem sucedido. Nem posso evitar os julgamentos de ninguém, falando eu mesmo de meus escritos. Mas ficarei muito contente se eles forem examinados. E afim de que para isso se tenha melhor oportunidade, rogo a todos os que tiveram algumas objeções a lhes fazer, que tenham o trabalho de as enviar a meu livreiro, que delas me dará conhecimento e que em pouco tempo encaminhará minha resposta. Por este meio, os leitores confrontarão as objeções e as respostas e poderão julgar mais facilmente onde está a verdade. Prometo nunca dar longas respostas, mas apenas confessar francamente minhas faltas, se as reconhecer, ou, se não puder percebê-las, dizer simplesmente o que julgaria ser necessário na defesa das coisas que escrevi sem a elas ajuntar a explicação de nenhuma nova matéria, evitando assim que me envolva infinitamente em explanações sobre aquelas e esta.

Se qualquer uma daquelas de que eu falei no começo da *Dioptrica*, e dos *Meteoros*, choca à primeira vista, porque as chamo de suposições e porque pareço não inclinado a prová-las, peço que se tenha a paciência de ler o todo com atenção, pois espero que assim o leitor ficará satisfeito, porque me parece que as razões se encadeiam de tal maneira que como as últimas são demonstradas pelas primeiras, que são as causas daquelas, as primeiras o são reciprocamente pelas últimas, que são seus efeitos. Não se deve imaginar que eu cometa nisto o erro que os lógicos chamam um círculo,[3] porque a experiência, tornando a maioria destes efeitos muito certos, as causas das quais eu os deduzo não servem tanto para prová-los, mas para os explicar. Ao contrário, elas é que são provadas por eles. Eu as chamei de suposições somente para que se saiba que penso poder deduzi-las das primeiras verdades que expliquei acima, mas que não quis fazê-lo expressamente para impedir que certos espíritos, que se imaginam capazes de saber em um dia tudo o que outro pensou em 20 anos, tão logo lhes seja dito somente duas ou três palavras, e que são tanto mais sujeitos a falhar e menos capazes de perceber a verdade quanto são mais penetrantes e mais vivos, possam por isso aproveitar a ocasião para edificar alguma filosofia extravagante sobre o que acreditarão ser meus princípios, o que importaria em me atribuírem o erro dessa construção. Realmente, pelas opiniões que são totalmente minhas não as desculpo como sendo novas, tanto mais que se forem bem consideradas suas razões, estou certo de que elas parecerão tão simples e tão de acordo com o senso que parecerão menos extraordinárias e menos estranhas do que algumas outras que se possa ter sobre os mesmos assuntos. Também não me envaideço de ser o primeiro inventor de nenhuma delas, mas somente por tê-las aceitado,

[3] Círculo vicioso.

não porque tenham sido ditas por outrem, ou por não o terem sido por ninguém, mas apenas porque a razão delas me persuadiu.

Se os artífices não puderem executar logo a invenção exposta na *Dioptrica*, não creio que se possa dizer, por isso, que ela seja má, porque, desde que seja necessário habilidade e hábito para fabricar e ajustar as máquinas que descrevi, sem que para isso falte nenhum pormenor, não me surpreenderia menos se eles tivessem sido bem sucedidos logo na primeira tentativa, do que se alguém pudesse aprender em um dia a tocar a cítara excelentemente, somente porque lhe tivessem dado uma boa partitura. Se escrevo em francês, língua de meu país, e não em latim, que é a dos meus mestres, é porque espero que aqueles que apenas se servem de sua pura razão natural, julgarão melhor minhas opiniões do que os que só crêem nos livros antigos. Para os que reúnem o bom senso ao estudo, únicos que desejo para meus juízes, não serão eles, como estou certo, tão partidários do latim, que recusem ouvir minhas razões, só porque as exponho em língua vulgar.

De resto, não desejo falar minuciosamente dos progressos que tenho esperança de fazer doravante nas ciências, nem me comprometer perante o público com nenhuma promessa que eu não esteja certo de cumprir, mas afirmo somente que estou resolvido a não empregar o tempo que me resta viver em outra coisa senão na aquisição de algum conhecimento da natureza, do qual se possa deduzir, para a Medicina, regras mais seguras do que as que tivemos até o presente e que minha inclinação me afasta tanto de quaisquer outros objetivos, principalmente daqueles que não poderiam ser úteis a uns senão prejudicando a outros e que, se quaisquer circunstâncias me constrangessem a me preocupar com isso, não creio que fosse capaz de ser bem sucedido.

Por tudo isso, faço aqui uma declaração que bem sei nada servir para tornar-me notável no mundo, pois também não tenho nenhuma vontade de o ser; e permanecerei sempre mais grato àqueles por cujo favor eu puder desfrutar sem impedimento de meu tempo, do que seria aos que me oferecessem as mais honrosas posições deste mundo.

Impressão e Acabamento
Bartira
Gráfica
(011) 4123-0255